普通高等教育"十一五"规划教材

数码摄影教程

卢正明　编著

国防工业出版社
National Defense Industry Press

内 容 简 介

本书共五章。第一章讲解了数码摄影的基础知识及相机的使用常识；第二章讲解了对焦原理，景深定律及其各种应用方法，静态物体、动态物体的拍摄技巧；第三章讲解了光圈原理，光圈与景深的关系及其各种应用方法，以及如何创造性地运用景深的拍摄技巧；第四章讲解了快门的原理，快门速度与光圈之间的关系及其各种应用方法，抢拍和追拍的各种技巧，并深入地讲解了摄影中目的与策略之间的关系及其灵活应用的方法；第五章讲解了广角镜头、标准镜头、长焦镜头的特点、作用、应用方法、使用技巧。

本书图文并茂，通俗易懂。每章讲解的每个技法均有详细的操作步骤，使学生可以轻松地学会用相机进行操作并按照技法的操作步骤进行拍摄。

本书不仅可以作为普通高等学校、高等职业院校相关课程的教材，也可作为摄影爱好者的自学用书和专业摄影人员的参考用书。

图书在版编目（CIP）数据

数码摄影教程/卢正明编著.—北京：国防工业出版社，2010.1
普通高等教育"十一五"规划教材
ISBN 978-7-118-06617-3

I.①数… Ⅱ.①卢… Ⅲ.①数字照相机—摄影技术—高等学校—教材 Ⅳ.① TB86 ② J41

中国版本图书馆 CIP 数据核字（2009）第 242930 号

※

国防工业出版社 出版发行

（北京市海淀区紫竹院南路 23 号　邮政编码：100048）
国防工业出版社印刷厂印刷
新华书店经售

*

开本 787×1092　1/16　印张 9.25　字数 210 千字
2010 年 1 月第 1 版第 1 次印刷　印数 1—5000 册　定价 39.00 元

（本书如有印装错误，我社负责调换）

国防书店：(010) 68428422　　　　发行邮购：(010) 68414474
发行传真：(010) 68411535　　　　发行业务：(010) 68472764

前　言

　　随着数码相机的普及，使成千上万的人喜欢上了摄影。数码照片在亲朋好友之间、恋人之间、同事之间传递着，传递着欢乐，传递着亲情，传递着爱，传递着友谊……当我们享受着高科技带来的方便和快乐的时候，当我们按下快门得到照片的时候，也带来了许多的疑惑。当我们照了许多照片后却没留下多少精彩的照片时，当我们兴冲冲地旅行归来看到给别人照的相片拿不出手时，当我们被高档数码相机那纷繁复杂的功能弄得眼花缭乱时，我们却发现，报摊上的杂志封面登着精彩的照片，照相馆可以拍出满意的照片，网上有着那么多值得下载的精美照片。这些照片是怎样拍摄的？它们是在哪里拍摄的？它们是用什么相机拍摄的？拍摄时使用的是什么拍摄模式？光圈是多少？快门是多少？焦距是多少？等等，我为什么就不能拍摄出一样的照片呢？

　　摄影与其他技术一样有着科学的原理和严格的操作规则，只有真正地懂得了其技术原理才能灵活地加以应用。所以本书着重讲解摄影的各种原理，并以各种实用案例加以说明，通俗易懂。

　　摄影不仅是一门技术，它还是一门艺术，作为艺术其创作手法是千变万化的，这就要求我们从多种角度去看问题，找到与众不同的表达方法。所以，本书以丰富的案例为基础，深入地剖析了每一种创作方法的艺术思想，培养你的敏锐洞察力是本书主要的目的之一。

　　摄影是一门实践科学，其学习方法是原理学习与实际操作相结合。其学习过程是先学习原理，再通过实际拍摄加以验证，再根据实践理解其科学原理并改进自己的拍摄技法。本书通过简洁的原理阐述、深入的技术剖析、生动的案例讲解和丰富而又实用的经验传授，使大家能真正地掌握学习摄影的方法。

　　本书可作为普通高等学校、高等职业院校及各种摄影培训班的教材，也可作为摄影爱好者的自学用书。为了方便学校和培训单位的教学需要和师资培训，可直接与本书作者卢正明联系（电子邮箱：LZMJJ@sina.com，网站：www.60000.cn），也可从www.60000.cn上下载所需的教学图片。本书在编写过程中得到了北京教育学院的大力支持与帮助。北京教育学院培训中心可为使用本教材的学校和培训单位提供教学培训和师资培训，也可以通过北京教育学院与本书作者联系，进行各种摄影知识和技能的交流（北京教育学院培训中心联系电话：84120663；地址：北京市东城区鼓楼外大街56号；邮编：100011；电子邮箱：sydx710@sina.com；网址：www.bjsydx.com）。

在此衷心感谢中国摄影家协会会员杨建华老师，中国摄影家协会理事、工人日报社摄影部主任蔡金和老师的指导，以及北京教育学院对本书写作工作的支持！

作　者

目　　录

第一章　怎样使用相机

第一节　摄影技术的发展

一、摄影技术

1. 小孔成像法

一个不透光的盒子，前面扎一个针眼大小的小孔，后面加上一块毛玻璃，在毛玻璃上会形成倒立并且左右颠倒的影像，如图1-1所示，这就是小孔成像法。

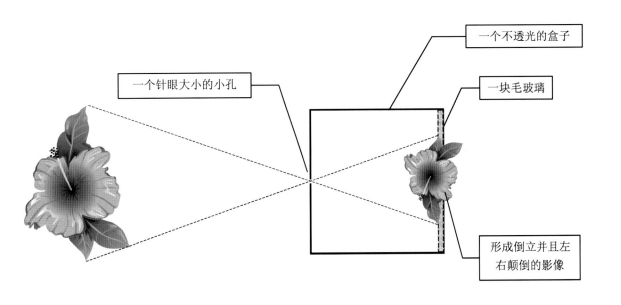

一个不透光的盒子

一块毛玻璃

一个针眼大小的小孔

形成倒立并且左右颠倒的影像

图1-1

2. 摄影术的发明

1839年法国人达盖尔运用了另一位法国人埃普斯的显影概念，发明了银盐摄影术，即胶片。使照射在胶片上的光线与胶片发生化学反应，经过冲印形成照片。

3．照相机

照相机的成像原理与小孔成像法一样，只是用镜头代替了小孔，用胶片代替了毛玻璃，在胶片上形成了影像。如图1-2所示，照相机主要包括三个部分：机身、镜头和胶片。

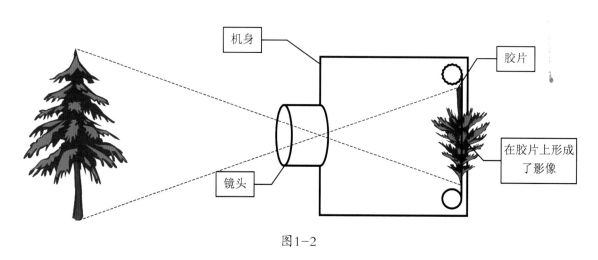

图1-2

4．数码相机

20世纪70年代出现了数码相机，数码相机的成像原理与一般的照相机的成像原理是相同的。不同的是数码相机用CCD（电荷耦合器件图像传感器）或CMOS（互补性氧化金属半导体）代替了胶片，如图1-3所示。数码相机主要由镜头、机身、CCD（或CMOS）、光圈、快门、取景器这6个部分组成。本书以CCD为例进行讲解。

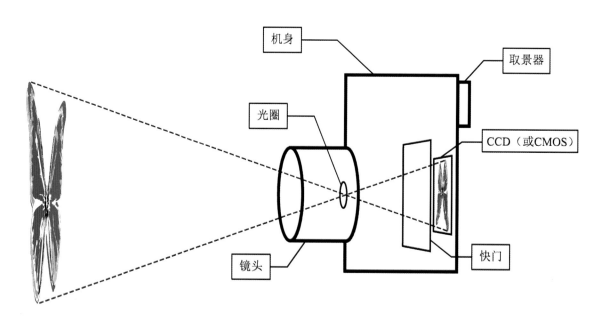

图1-3

二、数码摄影

1．什么是CCD

CCD由一种高感光度的半导体材料制成，可将光信号转换成电信号。

2．数码相机是怎样成像的

数码相机成像过程分为图像获取、数字化和图像存储三个阶段。

（1）第一阶段：影像通过镜头照到CCD上，CCD将光信号转换成电信号，这个光电转换过程叫图像获取阶段。

（2）第二阶段：数码相机中的图像处理器将光电转换后的电信号再转换成数字信号，这个转换过程叫数字化阶段。

（3）第三阶段：数码相机将数字信号以图像文件的格式存储在存储卡中，如存储在CF卡、SD卡中。这个存储图像的过程叫存储阶段。

第二节 怎样拍摄照片

一、第一次使用数码相机

1．数码相机的主要部件及功能

如图1-4所示，这是一台数码相机，分为镜头和机身两部分。

（1）镜头：镜头聚集来自前面的光线，并在CCD上聚焦，形成清晰的影像，如图1-4所示。

（2）取景器（EVF）：通过取景器可以方便地观看将要拍摄的影像，用来调整取景范围和进行构图，如图1-3所示。有的数码相机在回放时也可用取景器观看已拍摄的图像。

（3）快门（AE）：这是一个控制光线照射到CCD时间长短的装置，如图1-3所示。

（4）快门按钮：这是用来操纵快门的按钮，如图1-5所示。当快门按钮按下时，快门打开，进行拍摄。

（5）模式转盘：这是用来设置拍摄模式的装置，如图1-5和图1-6所示。

（6）电源开关：用来打开照相机，如图1-7所示。主要有以下四种符号： **OFF**（关闭）、**POWER**、**⏻**、**ON**（打开）。

（7）拍摄模式：其符号为📷，如图1-7所示，打开此开关可以使相机处于拍摄状态，这时就可以拍摄了。

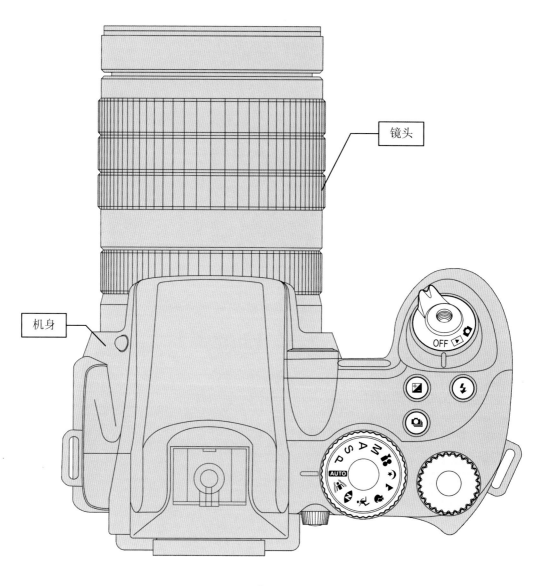

镜头

机身

图1-4

（8）回放模式：其符号为 ▶，如图1-7所示，打开此开关可以使相机处于回放状态，这时就可以观看已拍摄的照片了。

（9）显示屏（LCD）：如图1-8所示，在拍摄时具有取景器的功能。在回放时用来观看已拍摄的图像。

（10）取景器/显示屏切换按钮（EVF/LCD）：如图1-8所示，按此按钮可以在取景器和显示屏之间方便地转换。

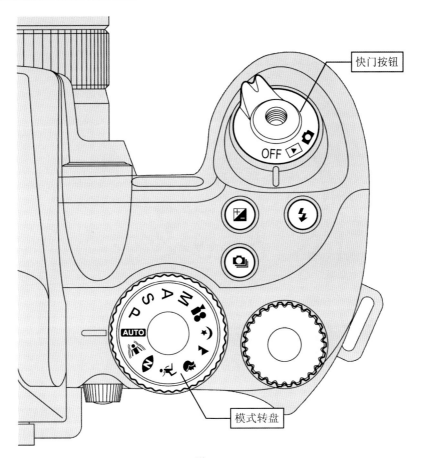

图1-5

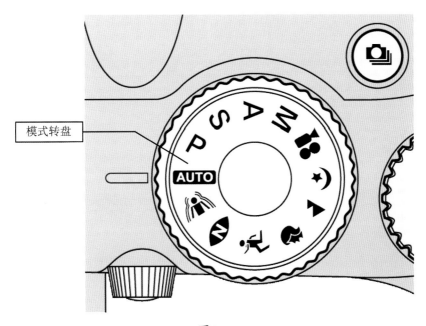

图1-6

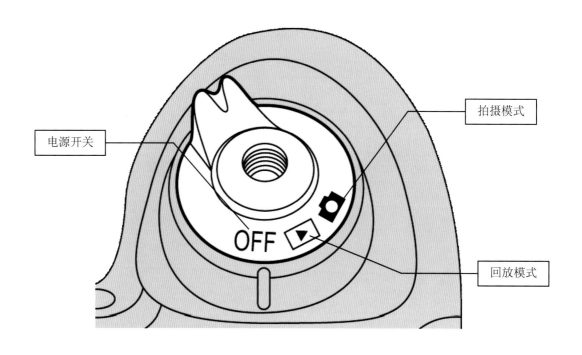

图1-7

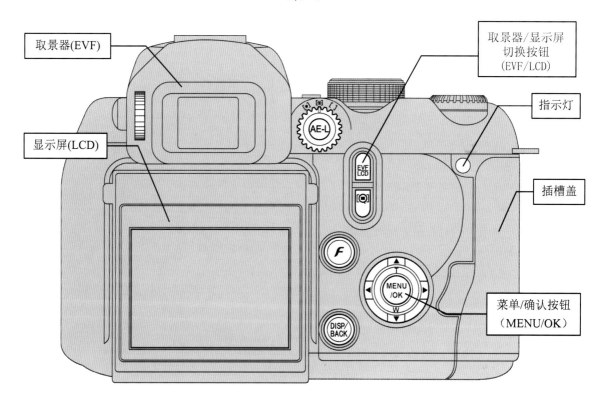

图1-8

（11）插槽盖：如图1-8所示，打开插槽盖，可插入存储卡，如CF卡、SD卡、XD卡等。

（12）菜单/确认按钮（MENU/OK）：如图1-8所示，按此按钮可以打开相机的菜单进行各种设置，完成设置后可按此按钮进行确认。

（13）指示灯：如图1-8所示，变绿时方可拍摄，闪动时为不能正常对焦或相机需要防抖动。

（14）屈光度调节转盘：在取景器的左侧，如图1-9所示，可以调节人眼的视力。对有近视眼或老花眼的人转动屈光度调节转盘可使取景器中的图像最清晰。屈光度调节转盘对中老年摄影者最有用。

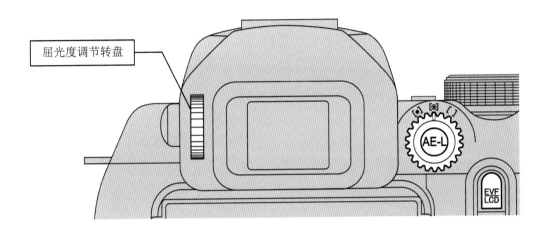

图1-9

（15）变焦环：如图1-10所示。转动变焦环，使用变焦功能拍摄照片。

（16）对焦环：如图1-10所示。相机使用手动对焦模式对物体进行对焦。

（17）对焦模式选择开关：如图1-10所示。可在C-AF（连续自动对焦）、S-AF（单张自动对焦）和MF（手动对焦）之间进行切换。

（18）闪光灯弹出按钮：如图1-10所示。使用闪光灯时，按闪光灯弹出按钮来弹出闪光灯。

（19）微距按钮：如图1-10所示。使用该按钮可进行特写拍摄。

（20）电池盒盖：如图1-11所示。打开电池盒盖，并正确安装好电池后方可使用照相机。在打开电池盒盖之前，请确认已关闭相机电源开关（将电源开关置于"OFF"）。当打开相机电源开关时，切勿打开电池盒盖，否则可能会损坏存储卡或损坏存储卡上的图像文件。

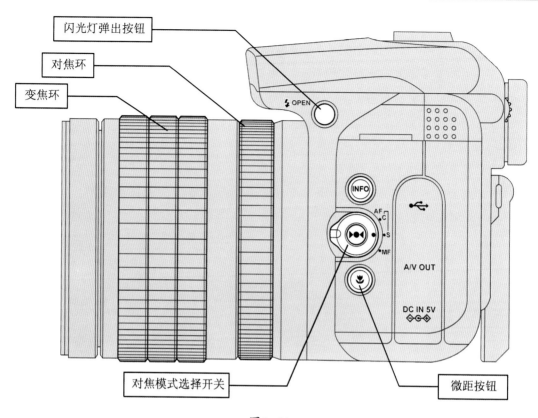

闪光灯弹出按钮

对焦环

变焦环

对焦模式选择开关

微距按钮

图1-10

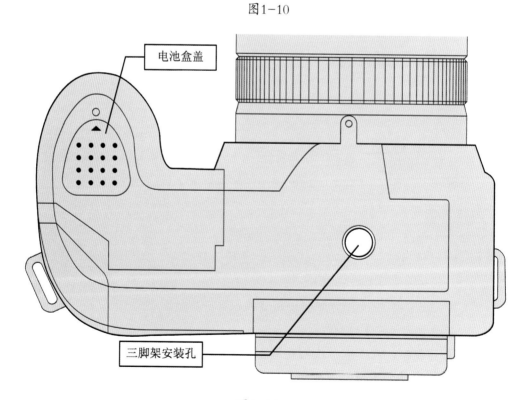

电池盒盖

三脚架安装孔

图1-11

（21）三脚架安装孔：如图1-11所示。用于将照相机安装到三脚架上。

（22）闪光灯：如图1-12所示。闪光灯被用于夜间或室内黑暗地方拍摄照片，可以人工地增加照射灯光。

（23）外部 AF（对焦）感应器：如图1-12所示，用于自动对焦。

（24）AF辅助灯/自拍指示灯：如图1-12所示。在昏暗的照明条件下半按快门按钮，相机的AF辅助灯会发出绿光或红光，来辅助对焦。在自拍时自拍指示灯会亮灯，然后开始闪烁，直至拍摄完成。

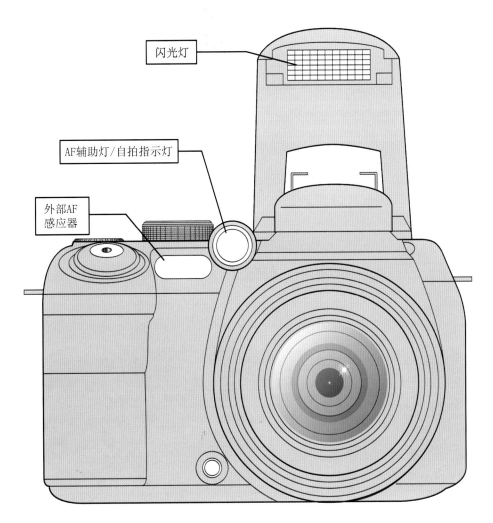

图1-12

2．准备工作

在买来新相机后，要给它安装手带、镜头盖和遮光罩。在拍摄之前打开插槽盖，安装好存储卡，如图1-13所示。打开电池盒盖，如图1-14所示，正确安装电池。

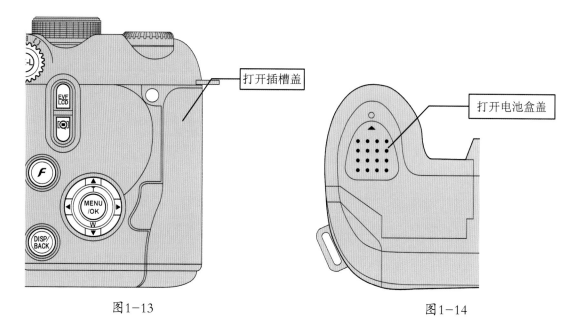

图1-13   图1-14

3．开始拍摄

（1）开机：打开照相机电源开关（POWER）（有的照相机电源开关为ON），并选择拍摄模式 ，如图1-15所示。

（2）转动拍摄模式转盘，设置拍摄模式。刚开始使用数码相机时请将其设置在AUTO（自动）挡，如图1-16所示，其符号为 **AUTO**。

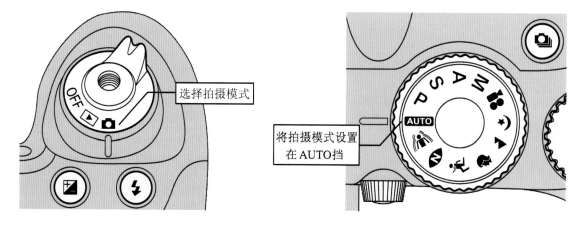

图1-15   图1-16

（3）调整屈光度：转动屈光度调节转盘，如图1-17所示，使取景器（EVF）中的图像最清晰，以适应拍摄者的视力。在相机使用人不变的情况下屈光度只调整一次，以后开机不需再次调整。

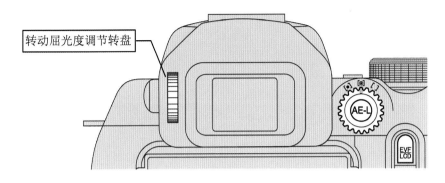

图1-17

（4）调整LCD（显示屏）亮度：使用MENU菜单下的SETUP或SET菜单项调整显示屏的亮度，如图1-18所示。当外部光线强时显示屏的亮度要亮；当外部光线弱时显示屏的亮度要暗。

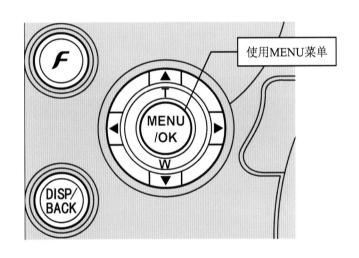

图1-18

（5）设置对焦模式：转动对焦模式选择开关，设置相机的对焦模式。刚开始使用相机时请将其设置在S-AF模式，如图1-19所示，其符号为S。

（6）选择取景器或显示屏取景方式：使用取景器/显示屏（EVF/LCD）切换按钮，如图1-20所示，可在取景器和显示屏两种取景方式中选择一种自己最喜欢的取景方式。

（7）调整焦距：转动变焦环或使用变焦按钮进行变焦（如图1-21所示）来调整图像的大小和取景范围。有些相机是用按钮来调整焦距的，其符号为："T和W"或"**♠**和**♠♠♠♠**"。

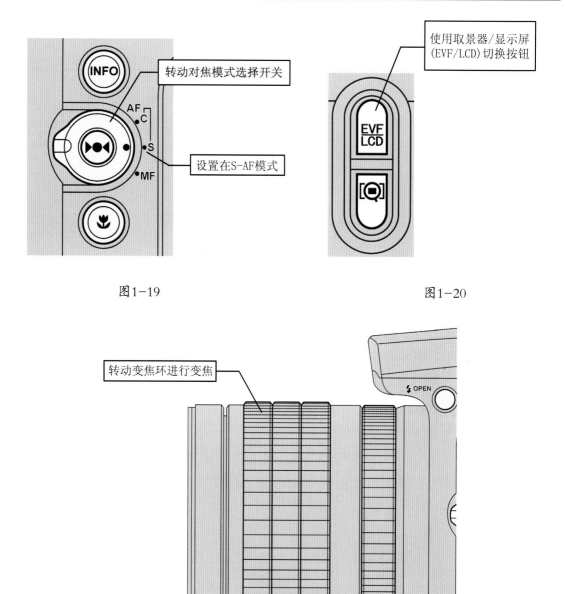

图1-19

图1-20

图1-21

　　（8）使用正确的拍摄姿式，保证相机平稳不动。将肘部支撑在身体的两侧，用双手握持相机，如图1-22所示。使用取景器（EVF）进行拍摄时的正确拍摄姿式如图1-23和图1-24所示。图1-23为横拍时的拍摄姿式，图1-24为竖拍时的拍摄姿式。使用显示屏（LCD）进行拍摄时的正确拍摄姿式如图1-25和图1-26所示。图1-25为横拍时的拍摄姿式；图1-26为竖拍时的拍摄姿式。

　　（9）移动相机对画面进行构图，使拍摄对象落在整个AF框内，如图1-27所示。

图1-22

图1-23

图1-24

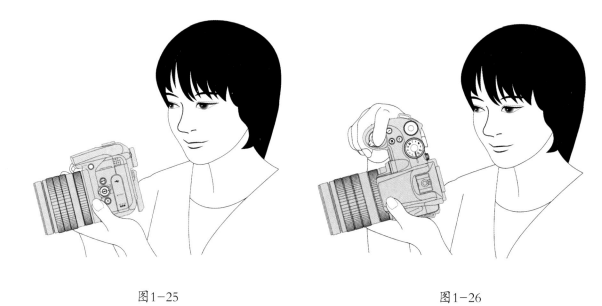

图1-25　　　　　　　　　　　图1-26

（10）快门锁定：自动对焦（AF）锁定和自动曝光（AE）锁定。

对准对焦对象半按快门按钮，如图1-28所示，相机开始对焦并发出对焦声，拍摄对象由模糊转变为清晰。对焦成功后相机发出嘟嘟声，显示屏上的AF框由大变小或变绿，如图1-29所示。相机将自动设定快门速度和光圈大小，指示灯变绿，表示快门已成功锁定可以拍摄，如图1-30所示。

注意：若相机未发出对焦成功的嘟嘟声且在屏幕上出现"!AF"标志，表示相机无法正常对焦。

原因：①相机离拍摄对象太近；②光线太暗或拍摄对象对比度太小。

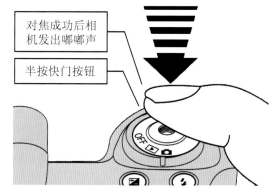

图1-27　　　　　　　　　　　图1-28

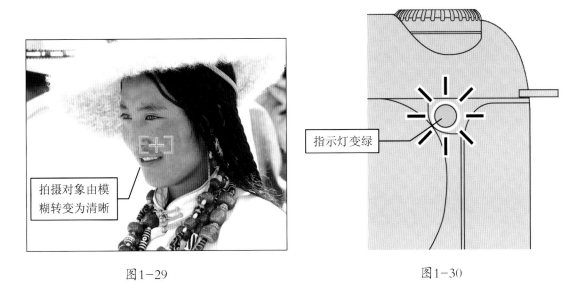

图1-29

拍摄对象由模糊转变为清晰

指示灯变绿

图1-30

（11）将快门轻轻按到底，听到咔嚓声，如图1-31所示，相机开始拍摄并保存图像，这时要将相机保持不动。拍摄完毕后指示灯熄灭。

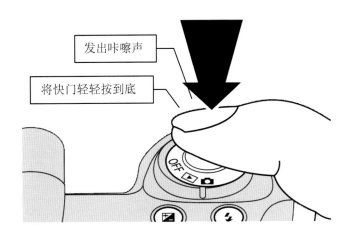

发出咔嚓声

将快门轻轻按到底

图1-31

4. 拍摄注意事项

（1）按快门按钮时动作要轻，慢慢加力，直到快门被释放。这样有利于保持相机稳定，拍摄的照片影像不糊模。

（2）快门释放后，不要立刻移开手指，相机要保持一定时间的稳定，因为拍摄开始到结束是要有一定时间的，尤其是在光线较暗的情况下拍摄。

（3）在拍摄时，不要让手或手带挡住AF（对焦）辅助灯、外部 AF（对焦）感应器、镜头及闪光灯，如图1-32所示，否则拍摄对象将不会被正常对焦或拍摄时无法获得正确的曝光。

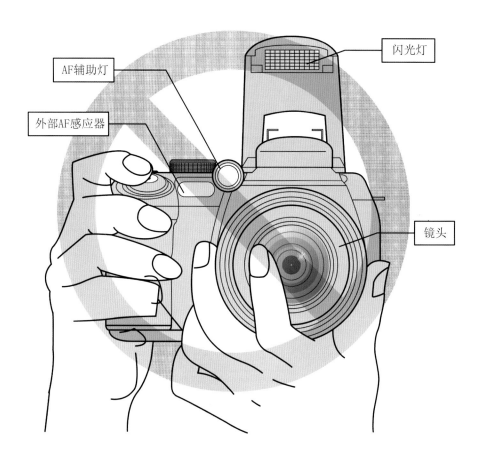

图1-32

二、怎样回放照片

相机拍摄完照片后可以立即观看，这个观看已拍摄照片的过程就叫回放。

（1）将开关置于回放挡，如图1-33所示，其符号为 ▶ 。这时显示屏上就出现了刚才摄影的画面，如图1-34所示。

（2）按◀键向前翻看相片；按▶键向后翻看相片，如图1-34所示。

（3）按放大键可放大图像，如图1-34所示。其符号为 ▲、T、 ▲或 ⊕

（4）按缩小键可缩小图像，如图1-34所示。其符号为 ▼、W、 或 ⊖

（5）按▲、▼、◀、▶键可上、下、左、右移动图像。

（6）按"DISP/BACK"键返回标准显示状态，如图1-34所示，其符号为 DISP/BACK

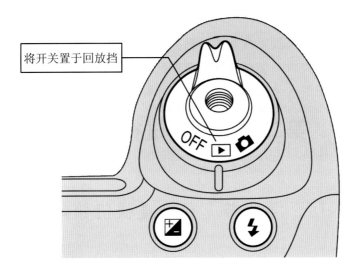

将开关置于回放挡

图1-33

按◀键向前翻看相片

按放大键可放大图像

按▶键向后翻看相片

按缩小键可缩小图像

按"DISP/BACK"键返回标准显示状态

图1-34

如图2-5所示，这是一幅荷花照片，其中对焦点在前面的荷花上，所以前面的这朵荷花最清晰。中间的一朵荷花因为不在对焦点上所以其影像产生了轻度的模糊，而后面的一朵荷花和其后面的荷叶因离对焦点更远，所以其影像产生了严重的模糊甚至完全虚化。

图2-5

　　如图2-6所示，这一幅荷花照片和上一幅荷花照片是同时拍摄的，其中不同点是其对焦点在最后面的荷花上，所以后面的这朵荷花最清晰。中间的一朵荷花因为在对焦点的附近所以其影像产生了轻度的模糊，而最近的一朵荷花因离对焦点更远所以其影像产生了严重的模糊。

图2-6

4．影像产生模糊的程度

由影像产生模糊的原因可以知道，对象离对焦点的距离越近其影像产生的模糊程度越小；反之，对象离对焦点的距离越远其影像产生的模糊程度越大。那么与对焦点相同距离的情况下前后对象的模糊程度一样吗？显然这个问题的答案是否定的，如图2-7所示，这是三朵火鹤花的照片，图中相机的对焦点在中间的花蕊上，前面的花蕊与后面的花蕊距中间的花蕊距离是相同的。从照片上可以看到前面花蕊的模糊程度非常大，而后面的花蕊只有一点模糊。所以说对焦点前面的对象虚化程度高，对焦点后面的对象虚化程度低。

图2-7

三、景深

1．什么是景深

当某一物体对焦清晰时，从该物体前面的某一段距离到其后面的某一段距离内的所有景物也都是相当清晰的。对焦相当清晰的这段从前到后的距离就叫做景深。

如图2-8所示，在这张照片中黄牛无疑是聚焦物体，它非常清晰。而牛前面的白花、周围和后面的青草都相当清晰，而前后黄色的油菜花则已模糊虚化了。所以绿色的草地就是这张照片的景深。

2．景深定律

如图2-9所示，这张图中左侧的黑色圆点为对焦点，它在胶平面上的聚焦影像为一个清晰的小黑点，没有发生模糊。而其前面1/3处的小黄点和其后面2/3处的小绿点因不在对焦点上，所以在胶平面上的聚焦影像为一个模糊的大圆圈，而且圆圈的大小是相同的。这说明它们模糊虚化的程度是相同的。

图2-8

景深定律：焦点一定是在距离景深前沿1/3处，距离景深后沿2/3处，如图2-9所示，即距离对焦点前1/3处的物体与距离对焦点后2/3处的物体的模糊程度是相同的。

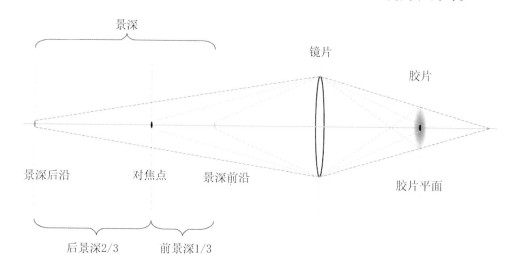

图2-9

3. 景深应用

如图2-10所示，这是一幅荷花照片，其中对焦点在中间的荷花上，所以中间的这朵荷花最清晰。对焦点前面1/3处的荷花和对焦点后面2/3处的荷花因为没有在对焦点上所以都模糊了，并且其模糊虚化的程度是相同的。

　　适当地加大光圈和使用长焦镜头可以使景深范围更小，创造出背景更加虚化的效果。

图2-10

　　为了使上面的三朵荷花都清晰，就不能对最前面的荷花对焦，也不能对最后面的荷花对焦，只能对距前面荷花1/3处、距后面荷花2/3处的中间位置的荷花进行对焦，然后适当的缩小光圈和使用广角镜头进行拍摄，可以得到三朵荷花都清晰的完美照片，如图2-11所示。

图2-11

第二节　怎样应用快门锁定

一、静态对象的拍摄

1. 拍摄对象不在画面中央

（1）当拍摄对像不在画面中央时进行拍摄，将使背景清晰，而前面的拍摄对象却模糊了。

如图2-12所示，这幅画面中主要的拍摄对象是一位盛装的少女在献哈达，少女在画面的左边，所在正常拍摄时对焦点在背景上，所以经幡背景清晰，而少女不在对焦点上所以模糊了。

（2）轻移相机，使拍摄对象——少女——进入画面中央的AF对焦框，如图2-13所示。

图2-12   图2-13

（3）半按快门开始对焦，当相机发出嘟嘟声，并且AF对焦框缩小变绿时说明对焦成功，快门锁定。这时少女由模糊变为清晰，如图2-14所示，这样就锁定了少女为对焦点。

（4）继续保持半按的快门按钮不放，轻移相机重新构图，将少女移到画面的左边，如图2-15所示。

（5）构图完成后将快门按钮轻按到底，这样就得到了一幅少女清晰、背景虚化的完美画面，如图2-16所示。其中清晰的少女形象突出了主题，而虚化的经幡也恰到好处地衬托了节日喜庆的气氛。

图2-14

图2-15

图2-16

2．双人物

（1）在双人物类取景构图中，拍摄对象不在AF对焦框中，如图2-17所示，想拍摄两个喇嘛正在进行激烈的掰腕子比赛，一个在画面的左边，一个在画面的右边。这时要进行正常的拍摄，对焦对象往往是后面观看比赛的喇嘛，而进行比赛的两个喇嘛因为不在对焦点上，所以会模糊。

（2）轻微移动相机，使拍摄对象之一进入AF对焦框中。这里将AF对焦框对准左边喇嘛的脸，如图2-18所示。

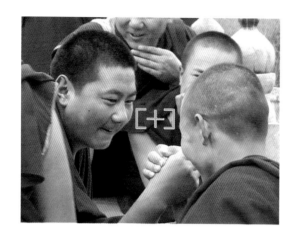

图2-17　　　　　　　　　　　　　　　　　　图2-18

（3）半按快门进行对焦，并完成快门锁定。

（4）继续保持半按的快门按钮不放，将相机移回原来的构图，如图2-17所示。

（5）然后将快门按钮按到底，完成拍摄。这样就使得两个进行比赛的喇嘛是画面中所有人物中最清晰的，更加突出了这张照片的主题，如图2-19所示。

图2-19

3. 前后微移相机精确对焦

使用自动对焦相机对焦时，相机往往对物体的最前沿进行对焦，而拍摄的对焦点有时在后面，这样就有可能使拍摄主体模糊。尤其在使用长焦端或微距功能进行摄影时，因为景深距离短，所以拍摄主体更容易模糊。

如图2-20所示，这是一幅黄色蝴蝶兰照片，相机自动对焦时的焦点是在兰花花芯的最前沿，所以最前面的花瓣很清晰，而拍摄主体花蕊却模糊了。这时在锁定快门后可将相机向前微移，使对焦点移到花蕊上再进行拍摄，可得到花蕊清晰的照片，如图2-21。

图2-20　　　　　　　　　　　　　　　　　　图2-21

　　但移动相机的距离要精确，如果移动的距离多了，焦点会移到花蕊的后部，如图2-22所示，这时花蕊的前半部分变模糊了，而后半部分花蕊的里面——花房——却变清晰了。

图2-22

使用前后微移相机精确对焦的方法进行拍摄时的难点在于掌握微移的距离，应该使微移的距离正好是对象的前沿到对焦点之间的距离。

如图2-23所示，在对苍鹰进行拍摄时对焦点往往是鹰嘴的嘴尖，而正确的对焦点是鹰眼，但鹰眼在鹰嘴的后面很难对焦，所以微移的距离为嘴尖到鹰眼之间的距离。

图2-23

拍摄步骤：

（1）半按快门，对鹰嘴进行对焦，并锁定快门。

（2）保持半按快门状态不变，将相机向前微移，微移的距离应等于嘴尖到鹰眼的距离。

（3）将快门轻轻按到底，进行拍摄。

这样就得到了鹰眼最为清晰的照片，如图2-24所示。其中鹰嘴和脑后部分稍微有些模糊，这样就更能突出鹰眼的锐利和炯炯有神，成为一张传神的照片。

图2-24

二、动态对象的拍摄

在对运动的对象进行拍摄时，因为对象是在时刻运动的，而相机进行对焦和拍摄是需要一定时间的，所以当对象出现精彩画面的时刻，拍摄者的反应时刻、相机的对焦时刻和照片的拍摄时刻是不同步的，所以如果不进行提前对焦锁定，则拍摄出来的画面往往不是对焦不准就是精彩画面已过，而拍摄对象不可能次次会重复以前的精彩时刻，这样就会造成很大的遗憾。

1. 抓拍

人物的表情是千变万化的，也是瞬间即逝的。要想抓住这传神的一刻，必须提前进行对焦。如图2-25所示，在拍摄这个藏族牧羊娃时，要先对拍摄的人物进行对焦和快门锁定，当出现精彩表情时立刻按下快门，以便抓住小女孩神采飞扬的笑脸，如图2-26所示。

图2-25

图2-26

人物的精彩动作也是稍纵即逝的，如图2-27所示，这是一张人物跳起的照片，拍摄于中国最北端漠河的边境线上，在2007年的1月1日第一缕阳光照在朋友的脸上时，他兴奋地跳了起来。要拍摄到他跳跃的姿势，如果在跳起时再对焦拍摄，无论如何是抓拍不到这个姿势的，拍摄的结果只能是他落地后的姿势。

拍摄这张照片的实际情况是，在朋友跳起前拍者已对他进行了准确的对焦和快门锁定，当他跳到最高点时随着跳起的动作按下快门，朋友那大鹏展翅的姿势就被定格在了半空中。

2. 偷拍

对拍摄对像进行偷拍时，拍摄对像并不知道有人在拍摄她，所以表情和动作还保持着当时的运动状态，这时拍摄的影像会更真实、更自然。正因为拍摄对象并不知道有人在拍摄她，所以她的表情会自然的改变，她的动作也会随运动而改变，如果不提前做好对焦和拍摄的准备，在拍摄时常会出现未正常对焦或错过精彩动作。如图2-28所示，在这个女孩和别人玩球时，突然出现了精彩镜头，这时拍摄者来不及对焦锁定就直接按下了快门，这时精彩动作被拍摄了下来，但是对焦不准使人物模糊不清，颇为遗憾。

图2-27

图2-28

正确的方法是当这个女孩与别人玩球时就进行对焦锁定，并让这个女孩始终保持在取景框中，并随女孩的运动前后微移相机，使焦点始终落在女孩的身上，如图2-29所示，在女孩接球的一瞬间按下快门，这样一张充满快乐和动感的影像就拍摄成功了，如图2-30所示。

图2-29

图2-30

3. 抢拍

与高速运动的拍摄对象相比，拍摄者的反映速度以及照相机的对焦速度是风马牛不相及也。如图2-31所示，这是一幅拍摄藏区跑马节中骑马拾哈达的影像，人物已经跑出了画面。

图2-31

整个拍摄过程是这样的，当发现骑马人弯下腰时才开始按快门，如图2-32所示。当快门按到一半时骑马人的手已离开了地面，如图2-33所示。当相机对准焦距并锁定快门时骑马人已飞身上马，如图2-34所示。当快门按到底进行拍摄时骑马人已跑出了画面，这样就很遗憾地得到了一张只有半个马身的照片，如图2-31所示。

对于这种状况下的拍摄，必须提前对将要经过的点进行对焦并锁定快门，当拍摄对象经过该点前的一刹那随着人物的动作按下快门进行拍摄，这种拍摄方式就叫抢拍。

为了得到如图2-35所示的飞身下马拾哈达的照片的方法有两种。

图2-32

图2-33

图2-34

图2-35

第一种方法：在骑手到达哈达之前先对地面上的哈达进行对焦，如图2-36所示，半按快门对焦锁定后，要保持这种状态，不要放开快门，等骑手来到哈达前下马拾哈达的一瞬间随着骑手手的动作按下快门进行拍摄，即可得到抢拍的效果。

在骑手到达哈达之前先对地面上的哈达进行对焦

图2-36

　　第二种方法：如果是多位骑手陆续表演，当前一位选手拾哈达时进行对焦，如图2-37所示，对焦锁定后不要按下快门，要保持半按快门这种锁定状态，当下一位选手拾哈达的一刹那再按下快门，即可得到图2-35所示的精彩画面。但当只有一位骑手表演时这种方法显然就不行了，只能采取第一种方法。

图2-37

如图2-38所示，这是一张作者用了一周时间抢拍到的苍鹰降落时的照片。在此之前要找到苍鹰的活动规律，在哪里捕食、在哪里降落、在哪里睡觉，并选好蹲守的位置，注意不要惊动苍鹰。在这张照片中，苍鹰那张嘴的喘气，大力地振翅的动感，把苍鹰的形象刻画得栩栩如生。拍摄这张照片时应提前对苍鹰要降落的树干进行对焦并锁定快门，并保持这个状态。当苍鹰降落时还要将相机微移，使焦点落在苍鹰的眼睛上，随着苍鹰腿的动作按下快门，当苍鹰的爪子刚好抓到树干时将快门按到底，这样一幅苍鹰降落时动感十足的影像就被定格在了我们的相机中。

图2-38

第三章　光　　圈

第一节　光圈及其成像特点

一、什么是光圈的大小

1. 光圈

　　光圈是安装在镜头中可以改变大小的圆孔，进入镜头的光线通过这个圆孔照射到相机的胶片上。光圈是由许多小金属片组成的，如图3-1所示。顺时针转动光圈，小孔会缩小，如图3-2所示，通过的光线就会减弱。逆时针转动光圈，小孔会扩大，如图3-3所示，通过的光线就会加强。

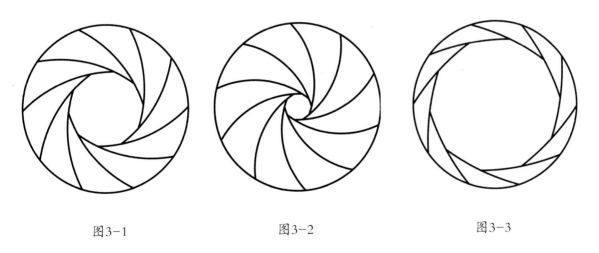

图3-1　　　　　　　　　　图3-2　　　　　　　　　　图3-3

　　当按下一半快门并听到嘟嘟的对焦声时，说明快门成功锁定，它不仅完成了对焦锁定，还将锁定光圈的大小和快门的速度。

　　光圈的大小是用F值来标定的，如1∶2、1∶5.6、1∶8，简称2、5.6、8。光圈值越大光圈越小，光圈值越小光圈越大。光圈由大到小可大致分为以下几种：1、1.4、2、2.8、4、5.6、8、11、16、22、32、44、64，如图3-4所示。其中，每一个光圈是前一个光圈通光量的一半，是后一个光圈通光量的一倍。

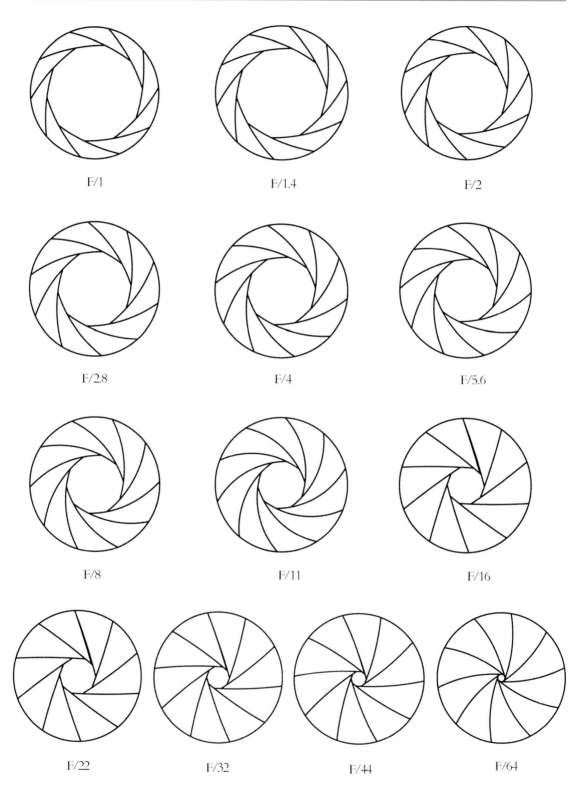

图3-4

2．光圈锁定

1）光圈原理

光圈就像我们眼睛中的瞳孔一样，可以随着光线的强弱而变大或变小。当光线充足时，瞳孔就会缩小，反之当光线较暗时，为了看清物体瞳孔就会放大。同理，当周围光线强烈时，把光圈开小一点，当光线昏暗时则把光圈开大一点，始终让足够的光线通过光圈进入相机，并使胶片曝光，但又不让过强的光线损坏胶片。

2）光圈锁定

相机在自动拍摄模式时，当半按下快门进行快门锁定时，照相机会测量照到景物上的光线强度，根据光圈原理，自动设定光圈的大小。当光线强时光圈就小，当光线弱时光圈就大。当快门成功锁定后，光圈的大小也被确定，这就叫光圈锁定。

二、不同光圈的成像特点

1．光圈与景深

1）光圈定律

光圈定律：光圈越大，景深越小；光圈越小，景深越大。

如图3-5所示，这是大光圈拍摄的砖墙影像，其景深很小，其中焦点附近的砖块清晰，而近处和远处的砖块却变模糊了，并且离对焦点越远其虚化程度越严重。

如图3-6所示，这是小光圈拍摄的石墙影像，其景深很大，不管是近处的石头还是远处的石头都非常清晰。

图3-5

图3-6

2）调整光圈改变景深

相机的A挡（光圈优先）模式可以使摄影者方便地设置光圈的大小，一般根据需要控制的景深来选择光圈的大小，主要用于静止影像的拍摄。

如图3-7所示，使用F/2.8的大光圈对兰花进行拍摄，因为大光圈景深很小，所以只有中间的雄蕊清晰，其他的部分都产生了模糊。

如图3-8所示，同样的位置使用F/4的较小光圈对同一朵兰花进行拍摄，因为光圈缩小了景深变大了，所以不仅雄蕊清晰，上面的雌蕊和下面的花须都变清晰了。

图3-7　　　　　　　　　　　　　　　　　图3-8

2．怎样使用各种光圈

1）小光圈的应用

使用小光圈进行拍摄时可使景深变大，即清晰范围很大，拍出来的照片背景清晰，一般用于风景照、人物纪念照和宏大场面的拍摄。这些照片不仅要求前景清晰也要求背景同样清晰。

如图3-9所示，这是一张长城的照片，前景为破败的长城窗口，背景为山颠上龙腾般的长城，摄影者使用了F/11的小光圈，使得前景的窗户和背景的长城都非常清晰，既表现了拍摄长城的雄伟又表现了长城的苍桑。

如图3-10所示，这是一张表现青藏高原"六月花会"的照片，前景为献哈达的盛装少女，中景是参加盛会的牧民，背景是蓝天白云下的青山绿水。拍摄者使用了F/8的小光圈，使得前景、中景和背景都非常清晰，既表现了少女献哈达时欢快的表情，又表现了熙熙攘攘的高原盛会的会场气氛。

如图3-11所示，这是一张表现康巴地区藏传佛教求卓舞的场景。摄影者使用了F/8的小光圈，使得前景、中景和背景都非常清晰，既表现了金刚舞者雄浑的舞姿，又展现了宏大而又庄严的会场气氛。

图3-9

图3-10　　　　　　　　　　　　　　　　　图3-11

2）大光圈的应用

使用大光圈进行拍摄时可使景深变小，即清晰范围很小，拍出来的照片背景模糊虚化。一般用于花鸟、动物、人物脸部特写等的拍摄。这些照片要求突出影像的局部特征而虚化背景等其他影像。

如图3-12所示，这是一张牡丹的照片，使用的是F/2.8的大光圈，使背景绿色的叶子虚化，从而达到突出粉色牡丹花的目的，而花蕊中的小蜜蜂起到了画龙点睛的作用，使得这幅照片成为了不可多得的佳作。

如图3-13所示，这是一张振翅欲飞的雄鹰的照片。摄影者使用了F/2.0的超大光圈，使得背景和后面的翅膀都模糊虚化了，突出了雄鹰那炯炯有神的眼睛，充分表现了猛禽凶猛的形象。

如图3-14所示，这是一张在唐蕃古道上拍摄的藏族小女孩。拍摄者使用了F/2.8的大光圈，使女孩身后的喇嘛堆、牦牛、远处的绿草和小溪都模糊虚化了，使人浮想联翩，更加突出了小女孩那纯真的眼神和动人的微笑。

3）中光圈的使用

使用中等大小的光圈进行拍摄时可使景深控制在一定范围内，即有一定的清晰范围，拍出来的照片背景有一些模糊虚化，但还能看清其轮廓或猜出其内容。一般用于表现戏剧性场景的拍摄。这些照片要求在突出主体影像的同时还要表达其所处的环境和气氛。

图3-12

图3-13

图3-14

　　如图3-15所示，这是一张表现秋色中女孩美丽的风采，拍摄者使用了F/4的光圈，使背景有所虚化，但还能看出秋季层林尽染的山林，在秋日和煦的阳光的照射下，微风吹起发梢，使女孩更显纯真动人。

图3-15

如图3-16所示，这是一张野鸭戏水的照片。拍摄者使用了F/5.6的光圈，使野鸭及身后荡漾起的波纹非常清晰，而四周较远处的波纹及其反射的光斑却被模糊虚化了，形成了波光鳞鳞的梦幻般效果。

图3-16

第二节　光圈的灵活应用

　　不同大小光圈的使用可以在保持拍摄主体清晰的情况下控制景深的大小，从而人为地改变背景的虚化程度，拍摄出不同清晰度影像的照片。

一、背景的虚实变化

　　背景虚化程度提高可突出主体；背景虚化程度降低（清晰度提高）可烘托气氛，可达到衬托主体的目地。背景非常清晰可展示环境，弱化主体，可使背景与前景融合，形成统一的整体，从而表现画面的深远和宏大，一般用于风景及会场、战场等宏大的场面。

　　1. 背景清晰

　　图3-17所示为一幅青海湖边鲜花盛开的牧场的照片。近处的粉红色鲜花遍地盛

开，远处的马在悠闲吃草，地平线上的背景则是浅青色的湖水。作者使用了F/11的小光圈，大景深使得近景鲜花、中景马和远景青海湖都非常清晰，从而使背景与前景成为一个整体，表现了湖边牧场的广阔和一望无际的青海湖。

图3-17

图3-18所示为一张长城的照片，作者使用了最小光圈，使得前景的人物、背景的长城和天空都非常清晰，在人物的衬托下长城更显得气势磅礴。

图3-19所示为一幅表现藏区比富节宏大场面的照片，拍摄者使用了小光圈，使得前景中的人物和背景的观众都很清晰，不仅突出了参赛选手身上极有特色的藏饰，还展现了隆重的会场气氛。

图3-20所示为一幅北海公园照片，拍摄者使用了F/22小光圈和超焦距技术，使得近景柳树、中景蓝天白云和背景白塔都非常清楚，得到了一幅充满诗意的"琼岛春荫"的照片。

图3-18

图3-19

图3-20

2．背景虚化

图3-21所示为一幅表现秋风中芦苇的照片，作者使用了大光圈，使得背景中的芦苇和小溪都完全虚化了，小溪已看不出来了，只出现了梦幻般的气泡和水珠。

图3-21

图3-22所示为一位藏族老人转经时的照片，拍摄者利用大光圈下的清晰聚焦，完全虚化了背景，将主人公从热闹的会场中拉出，并使我们的注意力固定在她的面孔上，突出了老人慈祥的笑容，而右边的转经筒以其形态和色调的份量平衡了整个画面，并有力地衬托出老人的念经动作。

图3-22

图3-23所示为一张黄色兰花照片，拍摄者使用了大光圈，使背景完全虚化并变黑，更加突出了兰花鲜艳的黄色。

图3-23

图3-28

从以上的五幅照片不难看出景深在这些照片中被当作一种很有意识的策略加以运用，这种手法在各种专业作品中几乎随处可见。事实上，景深是一种经过精心设计的外表，在每一幅成功的专业作品中永远都会看到。

专业人士为什么认为选择景深如此重要呢？因为他们运用景深把观赏者的注意力集中到他们想要表现的地方，他们运用景深就可以简单地把观赏者从转移他们注意力的任何景物上拉回来，并可运用各种背景来讲述照片背后的故事，让你浮想联翩，因此运用景深有助于表现作品的主题。

2．光圈与焦点的综合运用

在一幅画面中对焦点选择在哪里？哪些是需要虚化的景物？一般来说主题是要被清晰地表现出来的，而其他没有必要的景物是要被虚化从而达到简洁画面的作用，而那些具有陪衬意义的景物则要被虚化得恰到好处。

1）选择不同的对焦点所表达的主题

在同一幅影像中选择不同的对焦点表达的主题相同吗？回答是否定的。如图3-29和图3-30所示，图3-29中对焦点是在水中游弋的水鸟上，而莲蓬、荷叶和荷花被恰到好处地虚化了，所以这幅照片的主题是游弋的水鸟，而荷花营造了很好的环境气氛。

图3-30中对焦点是在前面的莲蓬上，所以它下面的荷叶也非常清晰，而背景水面及在水中游弋的水鸟被恰到好处地虚化了，所以这幅照片的主题是莲蓬和荷叶，而背景中的水波纹和游弋的水鸟使寂静的画面出现了一丝动感，更加突出了宁静的荷花，这是以动衬静的杰作。

图3-29

图3-30

2）背景虚化与前景虚化

选择背景虚化还是前景虚化是要根据照片的主题去选择的，在同一个场景中背景虚化和前景虚化所关注的主体是不同的。如图3-31和图3-32所示，图3-31的前景中，紫红色的小花非常清晰、鲜艳，背景中的青海湖、草场以及草场中吃草的马儿被恰到好处地虚化了，成为了很好的陪衬，突出了鲜花盛开的牧场这个主题。

图3-32的前景中，花丛被虚化模糊，而背景马儿和草场却清晰可见，虚化的花丛起到了很好的简化画面作用，突出了悠闲吃草的马儿这个拍摄主体。

图3-31

图3-32

3）主体的虚化

从一张对焦失败的照片说起，如图3-33所示，这张照片中由于拍摄时对焦点未对准前面的人物，而使人物虚化了，背景却变得非常清晰，这是初学者很容易犯的错误。当我们仔细观察时发现，其实背景非常漂亮，内容也极其丰富，有秋日里的红叶、枫叶，左上角甚至还有古老长城的城墙，在大面积清晰而丰富的图像的衬托下，前景中模糊的人物突然被突出了，整个画面不仅很耐人寻味，而且充满了诗情画意。美中不足的是由于事先没有进行有意识的景深控制，前景中的人物虚化得太严重了，如果光圈缩小一挡，人物更加清晰一点，那就更耐看了。

图3-33

所以主体的虚化要有意识地进行，这样才能更好地表达朦胧的诗意。如图3-34、图3-35、图3-36和图3-37所示，这四张照片是摄影师在同一个时间、同一个地点拍摄的，其中有的是我们想要拍摄的，但有的是我们不想要拍摄的。它们不仅是景深控制的对比，更是主体写实和主体虚化的撞击。

通过图3-34至图3-37四张照片，我们还可以从中发现什么是普通摄影者的拍摄内容、什么是摄影师眼中看到的内容，摄影师是如何运用拍摄技巧来进行摄影创作的。

图3-34

图3-35

图3-36

图3-37

一句话：最好的照片就在我们的身边，只要我们有不同于一般人的想法、不同于一般人的角度、不同于一般人的拍摄技巧、不同于一般人的思想，我们就能拍摄与众不同的照片，而与众不同的照片会让每一个看到它的人眼睛一亮，产生不同寻常的感觉，它的独特就是拍摄师们所追求的杰作的成功之本。

如图3-34所示，这是一张大家经常看到的照片，它将人物和环境融合在一起，精准的景深控制使得快乐的女士和周围的鲜花非常清晰，而近景和背景的虚化更加突出了人物的形像。

如图3-35所示，当摄影师增长焦距并放大光圈后，人物被放大拉近，周围的鲜花更加虚化，人物的笑脸成为了画面的主体，女士那快乐的表情被展现得淋漓尽致。

如图3-36所示，当女士转过身去拍摄美景时，普通摄影者会对这个画面不感兴趣，因为主人公的脸没有对着镜头。但是摄影师却没有放过这个充满生活气息的场景，并将镜头对准主人公前面的鲜花聚焦，并将光圈开到最大，得到了一张主体虚化的照片，充满了诗意，这正是一般人意相不到的作品，如图3-37所示。

主体的虚化并没有使我们的注意力被转移，恰到好处的景深控制使得人物前面的鲜花非常清晰，在四周鲜花亮丽色彩的衬托下，主人公的暗色调变得更加突出了。由于虚化得恰到好处，可以看出女孩正在饶有兴致地进行拍摄，但她的影像却正好被模糊了，形成了一个整体。观众心里会猜测这位女士正在快乐地拍摄美景还是在专心致致地为同伴拍摄，有的观众甚至会猜测这位女士的容貌。所以朦胧的美不仅是诗意的源泉，更是美妙想象的开始。开发观赏者的想象力不仅使你成为控制人们注意力的摄影师，更成为引导人们情感的魔法师。

主体的虚化和简化与周围清晰、繁杂的画面的对比更能突出主体的整体感，增加它在画面中所占的份量，更能引起人们的关注。

主体的虚化还可以增加画面的立体感、景物的深远感，在使用长焦镜头时尤为突出。因为长焦镜头拍摄景像时常常会减少前后影像的大小区别，使画面扁平化，没有立体感，所以模糊和朦胧成为了增加距离感的法宝，而朦胧是需要雾、雨、烟尘等自然条件的。模糊只需要摄影师用手来调整光圈和焦距，这样操作更为直接和容易，所以每一张杰作中都可以看到对模糊的控制。

图3-38和图3-39所示为一组主体写实与主体虚化的对比照片，各有所长。图3-38中，虚化的油菜花与黄牛略微模糊的身躯突出了黄牛清晰的犄角，扁平的长焦效果使画面有一种图案的感觉，像一幅优美的装饰画。

图3-39中，前景中的油菜花被清晰地显现了出来，而略显模糊的黄牛和身后完全虚化的油菜田延绵到了天际，不仅抵消了扁平的长焦效果，而且产生了强烈的距离感和空间感，更重要的是使黄牛产生了朦胧的美，增加了画面的诗意。

图3-38

图3-39

图3-40和图3-41所示为一组主体虚化程度大与小的对比照片。在图3-40中主体虚化的程度过大，模糊了物体的轮廓，已看不出是牛了，所以它的主体地位已消失了，取代它的是前面的油菜花，牛只作为衬托花的背景出现，但也给整个画面带来了意想不到的效果，增加了戏剧性的动感和较深远的距离感。

图3-40

图3-41中，主体的虚化程度较小，不仅产生了朦胧的诗意，还由于前面更加清晰的花朵和后面更加虚化并延伸至天际的油菜田，更增加了立体感，使画面有了前景、中景和背景。

图3-41

如图3-42所示，这张照片是在图3-41的基础上进行拍摄的，使用了柔光镜，使整个画面更加模糊虚化，并产生了奇妙的光斑，使人有一种美妙的感觉。

图3-42

　　总之，虚实之对比，主次之选择是要根据照片的主题去选择的，但是记住这样一条原则：对于一个戏剧性的场景，对于一个你所喜爱的画面，用各种手段、各种方法拍出多种风格的照片，可以是几种、几十种甚至上百种方法。就像一桌满汉全席一样，每个人都可以选出自己喜欢的美食。每个观赏照片的人都可以从这一堆照片中选出他认为最美的、最需要的照片。

第四章　怎样使用快门

第一节　什么是快门锁定

一、快门及其原理

当按下一半快门并听到嘟嘟的对焦声时，说明快门成功锁定。它不仅完成了对焦锁定、光锁定圈，而且决定了快门的速度。

快门锁定完成了以下三个方面的功能：

（1）对焦锁定；

（2）光圈锁定；

（3）快门锁定。

1. 什么是快门

（1）快门（AE）：这是一个控制光线照射到CCD时间长短的装置，如图4-1所示。在CCD（或胶片）前面有一块遮挡物，它就叫快门。平时它是关闭的，阻挡住光线，使其不能照到CCD上。

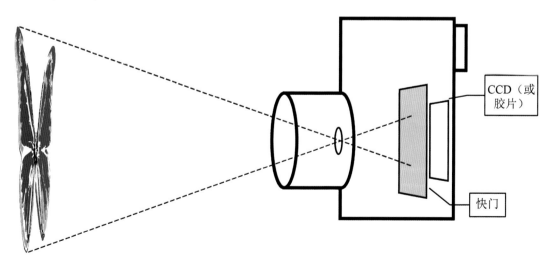

图4-1

（2）快门按钮：这是用来操纵快门的按钮，如图4-2所示。当快门按钮按下时，快门打开，进行拍摄。

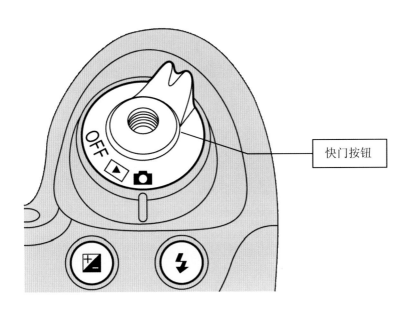

快门按钮

图4-2

（3）当快门打开时，光线就可以通过快门照射到CCD上，使CCD曝光产生影像，如图4-3所示。

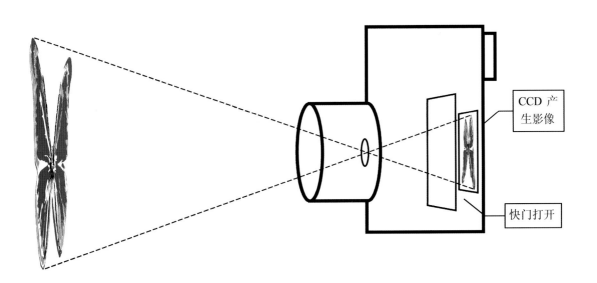

CCD 产生影像

快门打开

图4-3

（4）当拍摄结束时，快门再次关闭，如图4-1所示，阻挡住光线，使其不能照到胶片或CCD。

2．快门原理

1）快门速度

快门开启和关闭之间是有一定时间的，这段时间叫曝光时间。曝光时间的长短决定了光线照到CCD上的时间长短，也就是曝光量的多少。曝光时间短，快门速度就快；曝光时间长，快门速度就慢。

2）快门原理

与光圈的原理相同，快门的速度与光线的强弱是有关的。当周围的光线强烈时，CCD所需的曝光时间就短，快门速度就可以调快些；当光线暗时，CCD所需的曝光时间就长，快门速度就可以调慢些。始终让足够的光线通过快门进入相机，并使胶片曝光，但又不让过多的光线损坏胶片。

3）快门速度

快门速度的快慢是由一个拨盘来控制的，拨盘上的标准刻度就是其曝光时间。快门的标准速度由快到慢为：1/2000s、1/1000s、1/500s、1/250s、1/125s、1/60s、1/30s、1/15s、1/8s、1/4s、1/2s、1s、2s、4s、8s、16s等，简写为2000、1000、500、250、125、60、30、15、8、4、2、1″、2″、4″、8″、16″等。其中每个快门速度是前一个快门速度曝光量的一倍是后一个快门速度曝光量的一半。

3．快门锁定

1）快门锁定

当半按下快门进行快门锁定时，照相机会测量照到景物上的光线强度，根据快门原理，自动设定快门速度的大小。当光线强时速度就快，当光线弱时速度就慢。当快门成功锁定后，快门速度的快慢也被确定，这就叫快门锁定。

现在的相机都是电子快门，电子快门不仅可以设置在标准挡，还可以在标准挡之间的任意位置设置快门的速度，就像汽车的无级变速一样，这就给精准地设定快门速度提供了技术基础。

2）设置快门速度

相机的S挡（快门优先）模式可以使摄影者方便地设置快门的速度，一般根据需要的曝光时间来选择快门的速度，主要用于动态影像的拍摄。

图4-4和图4-5所示为两张在东北亚布力滑雪场拍摄的单板滑雪照片，使用了不同的快门速度。其中图4-4使用了1/500s的高速快门，使得在高速运动中的滑雪运动员被清晰地定格在了空中。

右图使用的是1/30s的慢速快门，拍摄到了在高速运动中的滑雪运动员模糊的滑行轨迹，充满了真实和动感。

图4-4

图4-5

一般的业余摄影爱好者没有大光圈镜头，有的人也只有一个镜头，一般的数码相机不能更换镜头，怎么办呢？解决此问题的办法只有一个，那就是等人群相对稳定时赶紧按下快门，则可拍出人物模糊较小的画面，如图4-10所示。

图4-10

　　2. 使用三角架是拍摄昏暗光线下影像的最佳方法

　　在昏暗的光线下拍摄，要保证一定的景深就要使用小光圈，就需要长时间的曝光，这时为了确保相机的稳定三角架就不可缺少了。

　　图4-11所示为在日落前拍摄的长廊的照片，由于使用了F/8的小光圈，曝光时间长达2s，手持拍摄时产生了强烈的抖动。

　　图4-12所示为使用了三角架后的效果。在保证了景深范围大的情况下整个画面都十分清晰。为了保证在快门按下时相机的绝对稳定，可使用快门线，或2s自拍和反光镜预升的方法进一步稳定相机。在没有带三角架时，一定要寻找一些可以摆放相机的支撑物，如木桩、栏杆、树叉等，必要时可将摄影包垫在支撑物上面，再放相机，这样就可以自由地调节相机的拍摄角度了。独角架也可以增加相机的稳定性，总之三角架是最方便、最理想的拍摄平台。

图4-11　　　　　　　　　　　　　　　　图4-12

第二节　快门速度与拍摄方法

一、快、慢镜头的不同用处

1．快镜头的特点及使用方法

快镜头的光圈大，曝光时间短，快门速度快，可以使运行的物体瞬间曝光并定格，不留运行痕迹，产生非常清晰的影像。

如图4-13所示，这是一张打高尔夫球的照片，照片中的人物正在大力击打高尔夫球，摄影师同时采用了抓拍和偷拍的方式，在人物没有察觉的情况下对人物提前进行了对焦和快门锁定，并将速度设置为1/1000s，等挥杆的一刹那按下快门，这时人物的动作被定格，高速运动的高尔夫球和四处飞溅的泥土也被定格，与墨绿色的树荫背景相映衬，形成了一幅生动活泼的画面。

快镜头的快门速度一般都应在1/125秒以上。当物体的运动速度快、光线强时，快门速度应适当加快；当物体的运动速度慢，光线弱时，快门速度应适当减慢。

图4-14所示为一张双板滑雪的照片。摄影师使用了抢拍的手法，预先对运动员要经过的雪坡进行了对焦和快门锁定，并将快门速度设置为1/500s。在运动员冲出雪坡高高跃起的一瞬间按下快门，得到了两位运动员优美的跳跃姿势和雪花飞溅的场面。

图4-15所示为一张表现划艇运动的照片，摄影师也是使用了抢拍的手法，事先对瀑布和悬崖的边缘进行了对焦锁定和快门锁定，并将快门速度设置为非常规的1/800s，当划艇运动员冲下瀑布时按下快门，使划艇就像从瀑布中冲出一样，使整个画面充满了强烈的视觉冲击感。

图4-13

图4-14

图4-15

　　图4-16所示为一张表现游泳比赛的照片，摄影师也是使用了抢拍的手法，事先对水面进行了对焦锁定和快门锁定，并将快门速度设置为非常规的1/1000s，当蛙泳运动员游出水面时按下快门，将激起的浪花定格。与上面的几张照片不同的是使用了长焦镜头和最大的光圈，使运动员前后的水面虚化，更加突出了运动员游泳的英姿，使整个画面充满了强烈的爆发力。

图4-16

图4-17所示为一张表现跳高运动员过杆时的照片，摄影师也是使用了抢拍的手法，事先对横杆进行了对焦锁定和快门锁定，并将快门速度设置为非常规的1/640s，当跳高运动员腾空跃起的一刹那按下快门，将运动员过杆时的精彩瞬间定格到了照片中。与前一张照片相同，使用了长焦镜头和最大的光圈，使运动员身后的观众虚化，更加突出了运动员跳跃的英姿，使整个画面充满了强烈的感染力。

图4-17

图4-18所示为一张藏族求卓舞中的"金刚起舞"的照片，由于人在跳跃时速度较快，所以使用了1/250s的快门速度，保持了人在跳跃时的清晰程度。

图4-18

如图4-19所示，与上一张照片相比，这张照片中的人物是在跑动，其运动速度低于跳跃时的速度，所以摄影师使用了1/125s的快门速度，并可使光圈缩小一倍，保持了人在跑动时的清晰程度的同时使画面景深更大，背景更清晰。

图4-19

2．慢镜头的特点及使用方法

　　为什么要用慢镜头进行拍摄呢？它与快镜头拍出的照片有什么区别呢？要想回答这两个问题首先让我们从两张照片说起。如图4-20和图4-21所示，这是两张分别用快镜头和慢镜头拍出的照片。在这两张照片中拍摄者都使用了抢拍方式，在起跑前已对运动员进行了对焦和快门锁定，当运动员起跑后立即按下快门，抓住了运动员起跑时的精彩镜头。在图4-20中，使用了1/2000s的快门，整个运动员及其背景没有运动轨迹，运动员非常清晰。在图4-21中使用了1/16s的快门，运动员身上留下了其起跑时的运动轨迹，显

数码摄影教程 76

图4-24

在骑手到达哈达之前先对
地面上的哈达进行对焦

图4-25

图4-26

（3）当出现精彩动作时，随着选手伸手的动作按下快门进行拍摄，如图4-28所
示，并保持相机平稳移动 段时间才能完成拍摄，如图4-29所示。拍出的照片如图
4-30所示。

图4-27

图4-28

图4-29

图4-30

3. 追拍加连拍

在抢拍连续的精彩镜头时可使用相机的连拍功能，快速、方便地拍出一组运动照片，再从中选取最优秀的影像。

（1）按下相机的连拍功能按钮■，转动命令转盘，选择最初4幅连拍模式，如图4-31所示。

（2）重复前面追拍过程中的步骤（1）和步骤（2）。

（3）当出现精彩动作时，随着选手伸手的动作按下快门进行拍摄，如图4-32所示，这时相机自动连续地拍摄4张照片，拍摄过程中要保持相机平稳移动，在结束时还要保持相机平稳移动一段时间才能完成拍摄。拍出的照片如图4-32至图4-35所示。

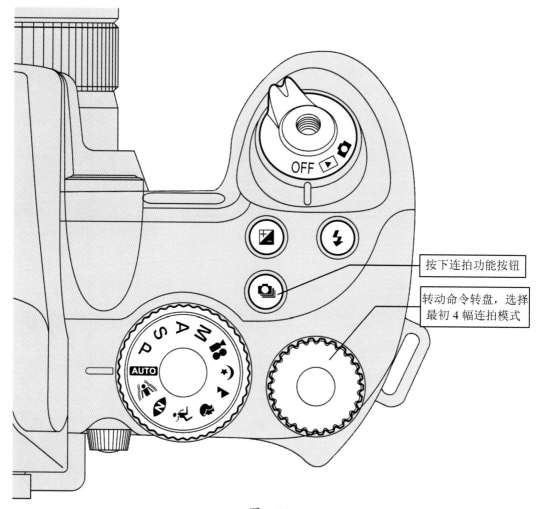

按下连拍功能按钮

转动命令转盘，选择
最初 4 幅连拍模式

图4-31

图4-32

图4-33

图4-34　　　　　　　　　　　　　　　　图4-35

4. 专业追拍

由于采用自动连续追拍模式时，除第一张照片以外不受拍摄者完全控制，上面四幅照片中只有第一幅较为精彩，其余三幅都错过了最佳的拍摄时机，所以专业摄影师是不会采用这种方法的。

那么采取什么方法才能随心所欲地抢拍呢？解决此问题的关键是如何确定下一次按下按钮时光圈和快门的数值，答案就是全手动模式。

（1）转动对焦模式选择开关，将对焦模式设置为手动模式 ，其标志为**MF**，如图4-36所示。

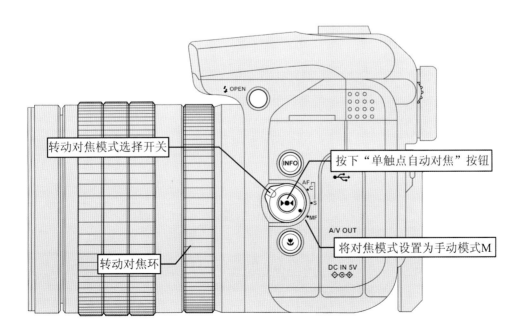

图4-36

（2）按下"单触点自动对焦"按钮，或转动对焦环（如图4-36所示）对哈达前面的地面进行精确对焦。

（3）转动拍摄模式转盘，设置拍摄模式为速度优先模式，其标志为 **S**。转动命令转盘，设置快门速度为1/16s，半按快门对跑过的赛马进行测光，如图4-37所示，并记下光圈和快门的数值。

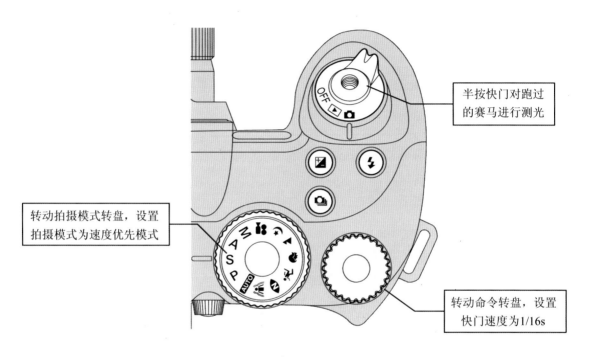

转动拍摄模式转盘，设置拍摄模式为速度优先模式

半按快门对跑过的赛马进行测光

转动命令转盘，设置快门速度为1/16s

图4-37

（4）转动拍摄模式转盘，设置拍摄模式为手动模式，其标志为 **M**。转动命令转盘，设置步骤（3）中记下的光圈和快门数值，如图4-38所示。进行了以上设置后，不再需要半按快门进行对焦和快门锁定了，可直接按下快门进行拍摄。

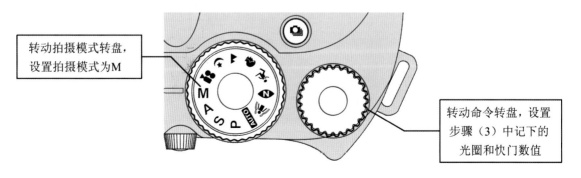

转动拍摄模式转盘，设置拍摄模式为M

转动命令转盘，设置步骤（3）中记下的光圈和快门数值

图4-38

（5）重复追拍过程中的步骤（2），对拍摄物体进行跟踪。

（6）当出现精彩动作时随着选手伸手的动作按下快门进行第一次拍摄，如图4-39所示，并保持相机平稳移动。当第一次拍摄完成，继续保持相机平稳移动，其取景器画面如图4-40所示，当第二个精彩动作出现时随着骑士的动作再次按下快门进行第二次拍摄，如图4-41所示，并继续保持相机平稳移动。当第二次拍摄完成后，继续保持相机平稳移动，其取景器画面如图4-42所示。

图4-39

图4-40

图4-41

图4-42

（7）重复步骤（6）的操作，在完成最后一次拍摄后，继续保持相机平稳移动一段时间才能完成拍摄，如图4-43。拍出的精彩照片如图4-44、图4-45所示。

图4-43

图4-44　　　　　　　　　　　　　　　　　图4-45

请注意在使用以上两种追拍方法进行拍摄的过程中是不进行对焦的，所以要将光圈调小一点，保证足够的景深，以便使运动对象在拍摄过程中始终处于最佳的景深范围内。

5. 跟拍

飞速行驶的汽车上的两位情侣，高速运行的列车上的一对夫妻，两辆速度一样的轿车上的两个人，他们之间互相进行拍摄，一般来说都是跟拍。由于拍摄时相机与被拍摄者的相对位置不变，所以被拍摄者的影像就会很清晰。而相机是在运动的载体上，所以与周围景物的位置随时在改变，当使用慢镜头进行拍摄时景物就会出现与运动方向相反的动感模糊，这种模糊轨迹就是跟拍效果。

图4-46所示为一张汽车疾驰的照片。拍摄者坐在与这辆轿车平行行驶的另一辆车中，以较慢的快门1/15s拍摄的，当时的车速并不是很快，但由于在夜间光线昏暗的情况下拍摄，曝光时间较长，路边上的商铺和广告灯箱相对于相机的向前移动都产生了向后的运动，产生了长长的移动轨迹。所以这张照片中汽车给人的感觉是在飞速行驶。

图4-46

图4-47所示为另一张汽车疾驰的照片。拍摄者坐在前面行驶的一辆汽车上，打开汽车的后窗，当这两辆汽车的车速相同，并且在前车与后车的位置相对不变时进行拍摄，这样就保证了被拍摄汽车的清晰度，由于是在行驶中拍摄的，所以道路两旁的树林、建筑物及近处的地面都产生了模糊的运动轨迹，动感十足。

在图4-47所示的图中我们可以看出，由于透视的关系，近处的物体大，在画面中移动的速度快，产生的动感模糊就强。相反远处的物体小，在画面中移动的速度就慢，产生的动感模糊就弱。近处的树林和大楼已模糊得看不出其轮廓，而远处的别墅却还很清晰。近处的地面模糊不清而远处地面上的交通标志线却黑白分明。

图4-47

如图4-48所示，在后跟前的跟拍中由于远处物体处于运动方向的正前方，没有左右位移。由于透视关系，远处的山脉几乎看不出前后位置的变化和大小透视的变化，所以根本不产生模糊的轨迹。

图4-48

在较慢的运动物体和较快的快门速度情况下，这种现象将更加明显。如图4-49所示，这是前跟后的跟拍照片，由于在城市中车速不能很快，当时的光线又较强，只能用较快的快门速度进行拍摄，即曝光时间较短。这点从近处背景中较短的运动轨迹可以看出。在这里，采取了斜向的拍摄技巧，使得近处的影像产生了一定的动感模糊。远处的大楼由于远离焦点产生了虚化，但是没有产生任何的运动轨迹，所以一丝动感也没有。

图4-49

　　较快的运动速度、斜向的跟拍以及较慢的快门速度可以有效地使近处的景像产生更强的动感，但是对于远处背景的影响力是很有限的。图4-50所示为一张汽车在山间公路上飞奔时用较慢的快门速度和斜向的跟拍方式拍摄的照片，其中近处的山崖产生了强烈的动感，但对于远处的山体却没有产生什么位移，也就不会产生模糊的运动轨迹了。

图4-50

为了使远处的景像也产生较大的动感，可以在汽车转弯时进行跟拍，这样景像相对于镜头不仅产生了位置的移动，还在画面中产生了旋转的位移。因为远处的景物旋转半径大，所以会产生更大的位移，从而产生更强烈的动感轨迹。是这样吗？实际上在相机取景框中看到的旋转位移的距离是一样大的，而不分物体远近，因为它们旋转的角度相同，也就是它们的角速度是一样的，它们同时在屏幕的一边出现，一起向另一边运动，并一起消失在屏幕的另一边。比直线行进的跟拍相比旋转前进的跟拍前景与背景的旋转动感是一样的，只是前景的动感要强烈些。

　　如图4-51所示，因为是在室内停车场拍摄的照片，所以车速肯定很慢。但是这时汽车正在转弯，小角度的转弯使地面和背景产生了强烈的旋转位移，产生了异乎寻常的动感效果，整个背景充满了运动轨迹，模糊得连轮廓都看不清楚了。这是直线跟拍时背景远远不可能达到的动感。

图4-51

　　6．跟随拍摄中快门如何设置

　　在跟随拍摄中快门速度的大小是要根据相机的运行速度、旋转速度、景物的远近、所需的运动轨迹的大小决定的。

　　快门速度越快，产生的动感轨迹越短。快门速度越慢，产生的动感轨迹越长。

　　如图4-52所示，此照片的拍摄使用了1/1000s的快门速度。这时曝光的时间只有1/1000s，在这样短的时间内车的运动距离接近0，虽然在弯道疾速行驶，但是不管是近处还是远处的景物都是清晰可见的，连运动最快的公路边墙和车轮上的龙骨都没有产生动感模糊。

图4-52

　　当用中等的快门速度进行拍摄时情况将会怎样呢？图4-53所示为使用1/100s的中等快门速度拍摄的照片，近处的地面和背景产生了一些轻微的运动轨迹，说明当时的车速也不是很快，时速大约在60km左右。这张照片虽然没有强烈的动感，却清晰地展现了海边的影像，体现了悠闲的海边度假生活。

图4-53

　　当使用较慢的快门速度进行跟随拍摄时动感模糊还会加强，如图4-54所示。这是使用1/32s的慢速快门跟拍的照片，其背景中的建筑物只能看到轮廓，细节已经看不清了，产生了较强的动感模糊。

图4-54

　　当使用更慢的1/16s快门速度进行拍摄时，如图4-55所示，其背景中建筑物的轮廓已经完全模糊不清了，产生了强烈的动感模糊。

图4-55

　　图4-56所示为一张黄昏时跟拍的精彩照片，金黄色的光线不仅美化了画面，较暗的光线还可以使用更慢的快门速度。这张照片拍摄时的快门速度为1/4s，这样长的曝光时间对于正常行驶的汽车来说将会拍出背景全虚的动感照片。要想拍出这样的照片是很难

的，首先要使相机与行驶的汽车完全同步，且路况要非常的好，不能有任何颠簸，并保持长时间的均速行驶后才能拍摄。任何一点的不稳定都将毁掉这张完美的照片。

后期处理中倾斜裁剪，使汽车产生了一种向下的冲力，而背景产生的强烈动感使这种冲力发挥到了极致，让人体验到了运动产生的美。

图4-56

第三节　快门的应用

一、怎样设置快门速度

在实际拍摄中，一般是不换镜头的，也经常没有换镜头的时间，而且一般的摄影爱好者只有一个不可更换镜头的相机。相机的快门速度（以下简称快门）可以非常快，也可以非常慢。设置适当的快门可以产生不同的效果，在下面的作品中，我们将探究拍摄者如何利用不同的快门来表达不同的运动物体和产生不同的动感效果。

要想方便地设置不同的快门，最快捷的操作方法是设置S（快门优先）模式，在这种模式下可以方便地设置快门速度，而让相机自动调整光圈的大小，从而保证正确的曝光，在拍摄运动影像时经常会用到这种模式。

快门速度的选择与下列四个因素有关：

（1）物体的运动速度；

（2）物体的运动方向；

（3）镜头与运动物体的距离；

（4）相机镜头的焦距。

1．物体的运动速度

　　要想定格一位体操运动员的姿态和一辆疾驰的摩托车所需的快门速度肯定是不同的。物体的运动速度越快，"定格"所需的快门速度越快。物体的运动速度越慢，"定格"所需的快门速度越慢。以下一组镜头都是使用抢拍方法拍摄的。

　　如图4-57所示，要想定格一位体操运动员优美的姿态，快门速度只需要1/60s就足够了。

　　如图4-58所示，要想定格一位跳高运动员飞身过杆的英姿，快门速度需要提高到1/125s才可以。

图4-57

图4-58

　　如图4-59所示，要想定格一位帆板运动员腾空跃起的精彩场面，快门速度需要提高到1/250s才可以。

　　如图4-60所示，要想定格一位游泳运动员跃出水面时飞溅的水花，快门速度则需要提高到1/500秒才可以。

　　要想定格一辆比赛中飞速行驶的摩托车，需将快门速度提高到1/1000s时才能出现如图4-61所示的清晰画面，其中比赛选手头盔上的文字都清晰可辨。

图4-59

图4-60

图4-61

2．物体的运行方向

景物由左向右或由右向左横穿我们视野的运动（即从取景器的一边到另一边），似乎比以同样的速度正对着镜头做前后运动要快得多。

这是一组在玉树赛马节上拍摄的照片，其中的赛马是以同样的速度在奔驰。它们都采用了1/60s的快门速度并在与马相同的距离下拍摄的。如图4-62所示，在这张照片中赛马是朝向镜头运动的，它几乎一点也不模糊，骑手也非常清晰。

如图4-63所示，在这张照片中，赛马横穿视野，从取景器的左边向右边运动，其影像产生了较为严重的动感模糊。

图4-62　　　　　　　　　　　　　　　　　　　图4-63

如图4-64所示，在这张照片中，赛马斜向穿过视野，即从右前方向左后方运动，因为它在取景器中的运动速度介于前两种情况之间，所以其影像只产生了较少的运动模糊，产生了动感。

怎样使运动物体完全清晰，又能产生运动效果呢？追拍是一个不错的解决方法。如图4-65所示，这张照片采用了追拍的拍摄方式，以摄影师的腰部为轴心转动身体从而带动相机由左向右转动，使赛马始终处于取景器的中心。这样拍出的照片中牧民带着墨镜、跃马扬鞭的清晰身影与周围景物向后运动的模糊轨迹产生了强烈的对比，突出了赛马的速度感。而且抢拍到了赛马四蹄腾空的瞬间，使这张照片成为了一张成功的体育运动作品。

3．镜头与运动物体的距离

镜头距离运动物体越近，物体留在取景器中的影像越大，其影像穿过画面就会越快，运动引起的模糊程度也会越高。

图4-64

图4-65

　　如图4-66和图4-67所示的照片都是以1/60s的快门速度拍摄的。唯一不同的是拍摄距离，图4-65是距离赛马20m处拍摄的，图4-66是距离赛马10m处拍摄的。

图4-66

图4-67

　　为了比较影像的模糊程度，我们将两幅照片中的赛马放大到了相同的大小，如图4-68和图4-69所示。从20m处拍摄到的赛马比10m处拍摄到的赛马清晰得多。由此可知，距离运动物体越远，运动所引起的模糊程度越低；距离运动物体越近，运动所引起的模糊程度越高。

图4-68　　　　　　　　　　　　　　　　　　图4-69

　　如图4-70所示，在10m以外的距离追拍骑手，虽然赛马四蹄腾空跑得飞快，但由于镜头距离运动物体超过10米，赛马四周的景物没有产生明显的模糊，表现不出赛马疾驰的运动感。

图4-70

我们将相机移到距离赛马较近的地方，在追拍时当赛马跑到距离相机不足5m时按下快门进行追拍，由于镜头距离运动物体较近，赛马四周的景物和地面产生了明显的动感模糊，如图4-71所示，给人以强烈的速度感。

图4-71

4．相机镜头的焦距

　　镜头的焦距越长，取景器上的影像越大，其影像穿过画面就会越快。

　　使用长焦镜头相当于接近了运动物体。我们已经知道，距离运动物体越近，它所产生的影像就会越模糊。

　　如图4-72和图4-73所示，这两张照片都是采用1/60s的快门速度并与赛马保持相同距离时拍摄的。唯一不同的是镜头的焦距，图4-72采用 50mm的镜头进行拍摄，图4-73采用135mm的镜头进行拍摄。

　　为了比较影像的模糊程度，我们将两幅照片中的赛马放大到了相同的尺寸，如图4-74和图4-75所示。从图中可以看出使用135mm焦距镜头拍摄的影像更为模糊。所以镜头的焦距越长，运动所引起的模糊程度越大；镜头的焦距越短，运动所引起的模糊程度越小。

　　如图4-76所示，这张照片是使用35mm的广角镜头进行追拍的，所以赛马和骑手都很小。虽然赛马在飞奔，但移动的距离有限。赛马附近的地面和背景中的观众产生了动感模糊，但由于距离很远被缩小了，基本看不出来。背景较清晰，没有体现出速度感。

图4-72

图4-73

图4-74

图4-75

图4-76

现在我们转动变焦环，将焦距设置为200mm的长焦，再对赛马进行追拍。由于将赛马拉近并放大了，所以在取景器中赛马的移动加快了，背景产生了明显的动态模糊，如图4-77所示，由此产生了一幅动感十足的照片。

图4-77

二、快门的灵活应用

灵活地应用前面讲述的拍摄方法是产生最佳动感效果的关键。对于不同运动速度的物体要采取不同的拍摄策略。

1．怎样拍摄最有冲击力的运动照片

如图4-78所示，在这张照片的拍摄方法上拍摄者采取了追拍的方法。缓慢行驶的汽车，距镜头5m左右的焦点，背景上有一条离车较近的隔离带，以及远处马路边的绿树和清晨柔和的光线，综合这些因素摄影师设置了1/32s、1/64s和1/125s三挡不同的快门进行了试拍。在显示屏上查看了拍摄的照片后，决定使用1/50s的非标准快门速度进行正式拍摄。为了突出主运动物体并简化画面，需在汽车较少时进行拍摄，一共拍了十多张照片，从中选出了红色轿车的照片。在这张照片中较慢的快门使背景和路面充满了动感的模糊，使得原本较慢的车速在照片中变得风驰电掣。较小的光圈使得远处的鼓楼楼顶依稀可见，不仅增加了照片的观赏性，也说明了拍摄地点是在北海公园后门。而宽阔的公路上原本车水马龙，但只拍摄了这一辆汽车，更加突出了主题，强化了观众对它的关注。

图4-78

图4-79所示为一张表现上班情景的照片，在这张照片的拍摄方法上也采取了追拍的方法。与图4-76相比，自行车的运动速度要比汽车缓慢得多，所以拍摄者减慢了快门速度，设置其快门为1/16s。快门速度太慢将会使照片曝光过度，同时由于是手持追拍，长时间的曝光会使相机抖动，使照片产生破坏性的模糊。为了加强动感模糊，摄影师站在最前边，将焦点设置为距镜头1m左右，由前面的学习可知镜头离运动的物体越近，由运

动产生的模糊也就越严重，产生的动感也越强烈。在拍摄上班这个主题时，拍摄者等待了很长时间，当路面上车辆较多且出现了一个形象较为有特点的骑车人时进行拍摄，在画面上可以看到三辆黑色的轿车衬托出了前面穿着红色上衣的骑车人。而背景中充满动感向后掠过的绿树，尤其是反向行驶的车辆产生了强烈的运动轨迹，使得匆忙上班的情景产生了速度感和紧迫感，产生了大都市快节奏的生活气氛。

图4-79

2. 动感的捕捉和加强

捕捉画面中的动感，做到动中有静，静中有动是产生杰作的好方法。加强这种动感可以突出主题，起到画龙点睛的作用。

图4-80所示为一张赛马会上藏族群众的照片，拍摄者采用了较慢的1/16s快门，使得风车转动的轨迹显现了出来，产生了旋转的动感模糊。为照片增添了活力。不足之处是后面的人物过于清晰，人物的耳朵分散了注意力，如果能够虚化就更好了。

图4-81所示为一张藏族老阿妈的照片，老阿妈手中摇着转经桶正在关注着赛马比赛。但由于相机快门速度较快，转经桶被定格了，没有产生动态模糊，而过于杂乱的背景也分散了观众的注意力。

图4-80

图4-81

　　如图4-82所示，拍摄者改变了一下拍摄位置，使背景颜色变深暗。将快门速度变慢一挡，我们看到转经桶上出现了模糊的转动轨迹，产生了静中有动的效果。当老阿妈将脸转过来的一刹那按下快门，老阿妈那慈祥的微笑就被定格在了画面上。不足之处在于当速度变慢时光圈会变小，背景变实，分散了观众的注意力，如果当时安装了灰镜，可使光圈增大，背景虚化，这张照片的拍摄就更完美了。现在只能在照片的后期处理上下功夫了。

图4-82

　　图4-83所示为一张威娜宝化妆品的广告宣传照片，其中只有广告板和其边上的轮胎是清晰的，其他一切都充满了运动的轨迹，模糊不清。这是一张动中有静的代表作，那一小片清晰的影像成了画龙点睛之笔。

它是如何拍摄的呢，是偶然的机遇吗？当然不是，它是摄影师精心策划的。首先在赛车场将赛车的轮胎卸下，如图4-84所示。将事先准备好的广告板安装在后车轮的后面，如图4-85所示；再安装好轮胎，如图4-86所示。采用追拍的方式，摄影师在另一辆汽车上对赛车进行拍摄，但在有阳光的情况下不能拍摄，如图4-87所示，因为这时光线太强，不能长时间曝光。当赛车进入桥洞下时阴影出现了，这时的光线正好适合长时间曝光，并且赛车在转弯，可以拍摄出大面积的动态模糊，而广告板正好和相机的镜头相对位置保持不变的一刹那正是摄影师按下快门的时刻，因为内车和外车的转弯半径不同，所以这种相对位置保持不变的状态只持续了曝光时间的80%左右，所以在广告板上也留下了少许动态的模糊，如图4-83所示，更加强了照片的动感，充满了强烈的速度感和视觉冲击力。

图4-83

图4-84

图4-85

图4-86

图4-87

三、目的与策略

1. 目的决定策略

是否产生动态模糊？哪些影像产生动态模糊？模糊的程度到底多大？这些问题的回答取决于拍摄的目的。目的的确定是第一步，第二步才是设计达到目的所需要的照片效果，第三步是达到这种效果所需采取的拍摄方法和策略，也就是我们刚才所要回答的问题。

图4-88所示为一张既表现了汽车行驶的速度感又展现了远处雄伟山脉的照片。拍摄这张照片的目的很明确，采用的拍摄方法是什么呢？很显然是采用了跟拍的方法。拍摄策略又是什么呢？拍摄者站在一辆与小轿车平行行驶的卡车上，以俯拍的角度进行拍摄，这样既可以拍摄到眼前行驶的小轿车同时又能拍摄到远处的风景。拍摄者选择车辆驶入一段弯道后按下快门，用较慢的快门使近处的墙体及路面产生了动态模糊，使小轿车产生了飞驰的动感。因为围绕着弯道行驶如同绕着一个圆心在旋转，又是从弯道的外侧向内进行拍摄，所以过拍摄者与圆心的直线上的景物很清晰。前面我们学过在追拍时远处的物体将比近处的物体清晰，所以摄影师采用了较小的光圈，使远处的山脉背景清晰可见，从而完成了拍摄的目的。

图4-89所示为一张表现摩托车手腾空疾驰的照片。与图4-88一样使用了追拍的方式，不同的是使用了仰视的拍摄角度，夸大了摩托车与地面间的距离。而较为清晰的大楼背景又进一步夸大了摩托车手跳跃的高度，产生了高高跃起的感觉。选择离摩托车较近的地点进行拍摄，使得地面和路边枫树的动态模糊加剧，更增添了速度感。

图4-88

图4-90所示为一张表现自行车运动员奋力拼搏的照片。这张照片也是采用了追拍的手法，拍摄的角度是侧视，昏暗的光线使长时间的追拍得以实现，背景上的影像也被虚化成了一些线条，而运动员蹬踏的痕迹和车把的运动都保留在了照片上，更增添了额外的运动感和冲击力。

图4-89   图4-90

2. 目的决定运动主体的虚实

图4-91所示为一张表现自行车比赛的照片，使用的也是追拍的方法。但是相机与拍摄对象不是平行的，在转弯时向外后方拍摄，这样镜头扫过远处影像的距离就远远大于近处影像的距离，所以远处产生了更强烈的模糊，前面的运动员和自行车比后面的清晰，前面的运动员和自行车也产生了不同的模糊，离镜头近的地方清晰，离镜头远的地方模糊，这样运动主体也产生了虚实变化，使动感大大增强了。

图4-92所示为一张展现滑雪运动员飞速滑下山坡的照片，拍摄者使用的是追拍的方法。与前面使用的追拍方法不同的是，当按下快门时，相机并不是保持原有的速度进行移动，而是减慢了移动速度，使得在曝光的时间内取景器中的影像向前移动了一点，运动员也产生了动态模糊，这比运动员没有产生动态模糊的追拍画面速度感更强烈。这种拍摄模式叫减速追拍。

图4-91　　　　　　　　　　　　　　　　　　图4-92

图4-93所示为一张表现自行车运动员奋勇向前的照片，采用的是减速追拍的方法。这张照片拍摄时，相对于车辆相机的移动速度越来越慢，以至于在曝光时间内取景器中前面的影像向前移出了画面，只留下了其运动的轨迹，产生了强烈的动感冲击力。

图4-94所示为一张球杆击打高尔夫球的照片，作者也是使用了追拍的方法。拍摄者巧妙地将相机绑在了球杆的后面，使镜头与球杆可以一起运动并对球杆进行拍摄。由于相机与球杆的位置是相对固定的，所以拍摄出的球杆是清晰可见的。由于击球，相机与其他影像都是相对运动的，所以除了球杆以外其他影像都产生了动态模糊，产生了这一奇妙作品。

3. 目的决定拍摄方法

照片的拍摄目的和照片的主题决定了其拍摄的方法，一切能突出主题达到拍摄目的的方法都要保留，一切分散照片主题的注意力和破坏拍摄目的的效果都要去除，这是摄影的总体原则。如果你遵循了这条规律，你就一定能成为一名出色的摄影师。

图4-93

图4-94

图4-95所示为一张求卓舞的照片。与前面的求卓舞照片相比，拍摄这张照片时采用了追拍的方法，快门速度为1/32s，跳起的"金刚舞者"虽被定格在了半空中，地面和观众只出现了微小的动态模糊，但他运动较快的部位如手和脚却产生了动态模糊，所以这张照片不仅展示了富有民族特色的面具、华丽的民族服饰，还体现了舞者矫健的身姿和富有动感的舞姿。

　　图4-96所示的照片所要表现的目的与上一幅照片是一样的。拍摄者采用了抢拍的方法，因为被拍摄的舞者离镜头很近，由上面所学的知识可以得知运动所引起的动态模糊会很强烈，所以使用了比上一张照片更快的快门速度——1/64s。这是一个中等的快门足以"停"住飞奔的舞者的运动，但又不足以产生凝固的影像。画面中仍存在着动感，但仍能看清舞者的面具和服装，给人以自然和运动的感觉。

图4-95　　　　　　　　　　　　　　　　　　图4-96

　　图4-97所示为一张表现赛马会的照片，拍出了赛马场上草原猎人打靶赛马你追我赶的动感和清晰的主席台和标语。为了达到这个目的，我们看看摄影师都采取了哪些措施。首先摄影师采用了较快的快门速度——1/125s。这个速度可以有效地减少追拍时运动物体产生的动态模糊。其次使用了减速追拍的拍摄方法，在按下快门的同时稍微减慢相机的移动速度，一方面可使赛马产生动态模糊，另一方面可以减弱相机运动引起的背景模糊。所以想要完成一张拍摄目的明确的照片，如果不经过精心的准备是无法完成的。

图4-97

第五章　怎样应用镜头与焦距

第一节　镜头是怎样分类的

一、镜头的焦距

镜头的焦距是镜头到胶片（或CCD）之间的距离，如图5-1所示。以135相机的镜头为例，一般以mm（毫米）为其计量单位，如28mm、50mm、105mm、135mm、200mm等。用小写字母f表示镜头的焦距，如f=28mm、f=50mm、f=105mm、f=135mm、f=200mm（以下为了简便起见省略了f=）。

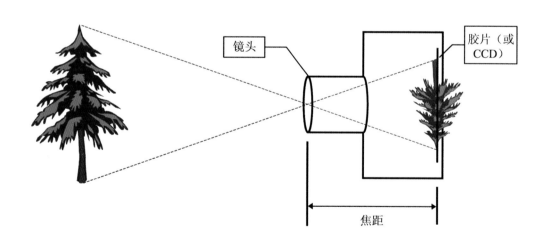

图5-1

二、镜头的种类

根据镜头的焦距不同可将镜头分为以下几类。

1. 标准镜头

焦距为50mm，视角为43°的镜头拍摄的照片与我们眼睛所看到的景物大小和视角基本相同，所以称之为标准镜头。标准镜头可以拍摄大部分的景物，特别是户外照片，其拍摄范围和成像大小适中，透视自然。一般用于拍摄风景照和以人物为主的全身照片。

　　如图5-2所示，这是50mm标准镜头的成像原理和视角大小示意图。通常我们将焦距在40mm至60mm的镜头统称为标准镜头。

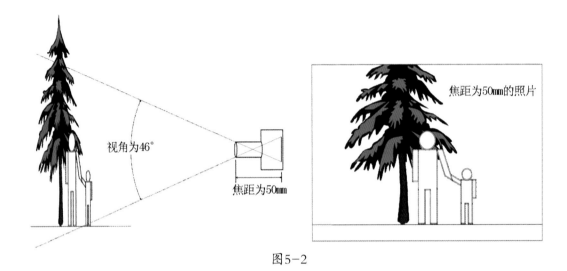

图5-2

　　图5-3至图5-5为使用广角镜头、标准镜头、长焦镜头拍摄的风景照片。其中图5-3中使用的是焦距为28mm的广角镜头，图5-4中使用的是焦距为50mm的标准镜头，图5-5中使用的是焦距为400mm长焦镜头。从图中可以看出标准镜头的拍摄范围小于广角镜头，大于长焦镜头。

图5-3

图5-4

图5-5

2．广角镜头

焦距小于40mm、视角大于58°的镜头拍摄的照片比我们眼睛所看到的视野范围要广，所以称之为广角镜头。广角镜头可以拍摄大范围的影像，特别是宽幅风景照片和场面宏大的会场。其中的景物被缩小因而其拍摄范围非常广阔，透视变化大，立体感强。一般用于拍摄风景照和以风景为主的人物照片。

如图5-6所示，这是25mm广角镜头的成像原理和视角示意图，其视角为71°，与图5-2相比其拍摄范围增加了2倍，其中景物的尺寸缩小了1/2。

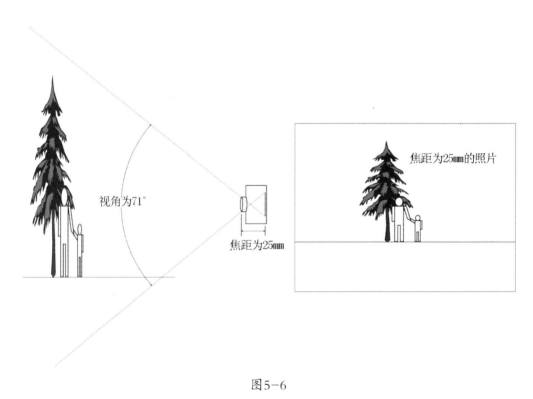

图5-6

图5-7至图5-9所示为一组使用广角镜头和长焦镜头拍摄的人物照片。其中图5-7中使用的是焦距为28mm的广角镜头，其拍摄范围远远大于其他两个画面，其中的人物被缩小了，成了整个风景的点缀。图5-8中使用的是焦距为100mm的长焦镜头，人物被放大成了全身像，鲜艳的色彩对比，女孩身着旅行装凝视着一望无际的油菜花的身影使这张旅行照片令人回味悠长，成了画面中不可缺少的重要组成部分。图5-9中使用的是焦距为300mm长焦镜头。从图中可以看出女孩的影像被放大成了半身像成为了画面的主体，而背后的油菜田则被虚化成为了很好的背景。

图5-7

图5-8

图5-9

3. 长焦镜头

焦距大于60mm，视角小于27°的镜头拍摄的照片比我们眼睛所看到的视野范围要小，其焦距长于标准镜头，所以称之为长焦镜头。长焦镜头虽然拍摄范围小，但可以将景物放大，可以将远处的景物拉近，就像望远镜一样。一般用于拍摄局部的特写，如人的表情、花卉、鸟类、服饰等特写镜头。

如图5-10所示，这是100mm长焦镜头的成像原理和视角示意图，其视角为27°，与图5-2相比其拍摄范围减少了1/2，其中景物的尺寸增大了2倍。

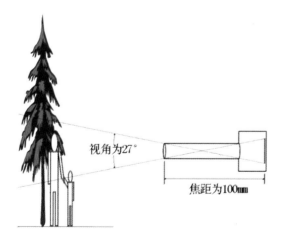

图5-10

图5-11至图5-14所示为一组使用广角镜头、标准镜头和长焦镜头拍摄的雕像照片。其中图5-11中使用了28mm的广角镜头，图5-12中使用了50mm的标准镜头，图5-13中使用了135mm的长焦镜头，图5-14中使用了400mm的长焦镜头。图5-14中的拍摄范围远远小于其他三个画面，图中人物的脸部被放大了，充分地表现了人物的表情，成为了特写镜头。

图5-11

图5-12

图5-13

图5-14

第二节　各种镜头的特点及其应用方法

一、广角镜头、标准镜头、长焦镜头的特点

图5-15所示为一排灯笼，从照片上可以看到第一个非常巨大，第二个小一点儿，第三个更小一点儿……最后一个最小，几乎看不到，并且第一个与第二个的大小差别最大、第二个与第三个的大小差别较大、第三个与第四个的大小差别较小、第四个与第五个的大小差别更小……第一个与第二个之间的距离最大、第二个与第三个之间的距离较大、第三个与第四个之间的距离较小、第四个与第五个之间的距离更小，最后几个紧靠着几乎看不清楚。实际情况是这样吗？不，实际上这是一排一样大小的灯笼，每两个灯笼之间的距离也是一样的。为什么在人的眼中或照片上会出现这样情况呢？这是因为透视的关系，即我们平常所说的近大远小。

图5-15

由于广角镜头、标准镜头、长焦镜头的拍摄范围是不同的，广角镜头的拍摄范围最大，它能拍摄近处到远处的一切影像，其拍摄范围为图5-16中所示的黑框区域。标准镜头的拍摄范围适中，它能拍摄从中间到远处的影像，其拍摄范围为图5-16中所示的红色

区域。长焦镜头的拍摄范围最小，它只能拍摄到远处的影像，其拍摄范围为图5-16中所示的黄色区域。

图5-16

　　因此在拍摄后，我们得到了三张照片，如图5-17、图5-18、图5-19所示。可以看出，用广角镜头拍摄的照片中，物体之间的大小和距离变化悬殊，立体感强，产生强烈的透视变化，排列较为疏松。标准镜头拍摄的照片中，物体之间的大小和距离变化适中，透视变化自然，排列较为密集。长焦镜头拍摄的照片中，物体之间的大小和距离变化不大，立体感弱，产生的透视变化最小，排列最为紧密。这就是透视规律，也是镜头的焦距与成像之间的关系定律：物体离镜头越近其透视变化越大，物体离镜头越远其透视变化越小。使用任何镜头拍摄，都是这个规律。只要理解了这个规律，就能有的放矢地灵活地应用各种镜头了。

　　1. 广角镜头的特点

　　由于广角镜头可将影像推远，容易产生近大远小的立体感。其拍摄的物体景深长，可使背景清晰。小于28mm的超广角镜头容易产生枕状变形，使拍摄者的鼻子变大。

　　如图5-20所示，这是一幅使用28mm焦距拍摄的教堂照片，由于焦距太小，产生了枕状变形。由于是仰拍，所以产生了下大上小强烈的变形，显得很不协调。将镜头往后移一点，将焦距调整为32mm，由于镜头离物体远了，导致透视减弱，枕状变形也消失了，使得教堂既有立体感又很自然，如图5-21所示。

图5-17

图5-18

图5-19

图5-20   图5-21

如图5-22所示，这是一幅使用焦距为32mm的广角镜头拍摄的雄狮雕像照片。因为是在较远的位置进行拍摄的，所以狮子和背景庙宇的比例较正常。摄影师为了使雕像更加突出，将焦距调小为28mm，并将相机向前移动，让镜头更加靠近雕像，由于镜头离物体近了，导致透视效果加强，雄狮显得更大、更突出了，而背后的庙宇所占的画面比例相对变小了，更加充分地表达了雕像雄壮威严的气魄，如图5-23所示。

图5-22   图5-23

图5-24所示为一张天津电视塔的照片，作者使用了28mm焦距的广角镜头，使得电视塔的底部变大，上部变小，产生了强烈的透视变化，表现了电视塔的宏伟和高耸入云的感觉。

图5-25所示为一幅玉树州吉古镇的全貌图，作者使用了24mm焦距的超广角镜头，扩大了取景范围，由于广角镜头有将物体推远的功能，所以其对焦点一般较远，有着较长的景深，所以从脚下的白塔到远处的山脉和天边的白云都非常清晰。

因此背景是清晰还是虚化，要从取景器中所观看的结果来决定，而不由实际的对焦距离来决定。因为广角镜头的焦距较小，相对地在取景器中观看到的对焦距离会变大，所以对焦点会被推远，从而导致景深变大，背景清晰。而长焦镜头其焦距较大，跟在取景器中观看到的对焦距离会变小，所以对焦点会被拉近，从而导致景深范围变小，背景虚化。对于标准镜头而言，其焦距应在50mm左右，所以在取景器中观看到的对焦距离与实际对焦距离其本相同，背景的虚化程度适中。

图5-24　　　　　　　　　　　　　　　　　　图5-25

图5-26所示为一张藏族求卓舞者的照片，也是使用了24mm焦距的超广角镜头，使得近处的金刚舞者变得巨大无比，与远处缩小了的观众形成了强烈的对比。由于对焦点较近，并且使用了较大的光圈，使得后面的舞者和观众产生了自然的虚化，更好地突出

了主题人物。因此，在相同的焦距和光圈的条件下，背景的虚实只是与对焦点的实际距离有关的，对焦点的距离越近，景深越小，背景越虚化；对焦点的距离越远，景深越大，背景越清晰。

图5-27所示为一张佛塔的照片，其镜头焦距为18mm超广角镜头。由于使用了更广的焦距，所以更容易得到前景与背景都清晰的照片。拍摄时使用了超焦距技巧，对焦点为近处物体与远处山脉的1/3处，即第一排佛塔的第二个柱子处，如图5-27所示。超焦距对焦距离也可从镜头的景深范围刻度上得到。

超焦距对焦点

图5-26   图5-27

图5-28所示为一张佛堂的照片，由于房间的空间有限，只有使用广角镜头才能拍下佛像的全貌，威严的佛祖高高在上，给人一种庄严、肃穆的气氛。室内拍摄时常常会用到广角镜头，以便在较小的空间内拍摄到更多的景物。

离景物较近时仰拍，由于与物体正面的角度较大常常会发生较大的透视变化，会出现下大上小的变形，通常称之为金字塔变形，俯拍也是如此。可以将相机远离物体以减少这种变形，但在室内没有这个条件，可将相机移到与物体的中心平行的正面进行平拍，在这里，上楼梯来到佛堂的二层进行平视拍摄，这样得到的照片就正常了，如图5-29所示。此时，佛像给人一种新的感觉：慈悲安祥。

图5-28 　　　　　　　　　　　　　　　　　　　　　图5-29

　　图5-30所示为一幅雄伟的寺院经堂照片，由于其前面的院子较小，使用一般镜头即使退到墙边也无法将其全部拍摄到，所以使用了焦距为18mm的超广角镜头，虽然照到了经堂的全景，但产生了强烈的枕状变形，经堂的四边都向外产生了弧形的曲线，这就叫广角变形，只能在后期照片处理时进行矫正。或者使用标准镜头分段进行拍摄，在照片后期处理时再进行拼接。

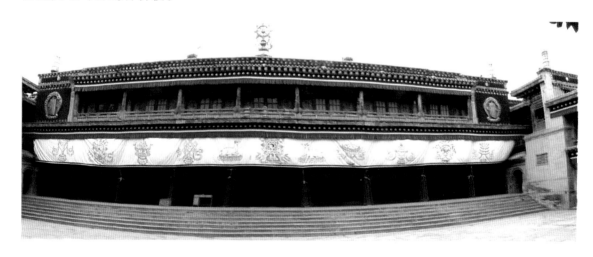

图5-30

图5-31所示为一张塔尔寺白塔的照片，由于使用了焦距为24mm的超广角镜头，产生了枕状变形。转动焦距环，将焦距设置为38mm再进行拍摄，白塔的枕状变形就减少到几乎看不出来了，如图5-32所示。

图5-31   图5-32

　　图5-33所示为川藏线上理唐地区最大的白塔，叫大塔寺白塔，由于使用了28mm焦距的广角镜头，最近的四个白塔产生了枕状变形。由于不能向后再退，于是将相机移到了白塔的正前方，并在接近地平线的角度进行平拍，这样就可以大大降低枕状变形，如图5-34所示。

图5-33   图5-34

在镜头正前方十字线附近的线条或物体是不会产生枕状变形的，要充分利用这些位置，将最近的物体或最容易变形的线条放在这个位置上。

在使用广角镜头给人拍照时会出现大鼻子的现象，如图5-35所示。当摄影师使用28mm的镜头对小孩进行拍照时，小孩好奇地凑近了相机镜头，产生了强烈的透视变形，形成了大鼻子造形。这并不是广角镜头的专利，我们看到后面第二个小孩因为离镜头较远所以并没有形成大鼻子，而第三个孩子由于离镜头最远出现了塌鼻子的现象。所以在照人像时不要让人离镜头太近，也不要太远，一般在2m至10m之间即可。总而言之，当使用广角镜头时可以站得近一些，在使用长焦镜头时可以站得远一些。

对于任何焦段的镜头，当人离镜头很近时都会产生大鼻子的现象，当人离镜头很远时会出现塌鼻子的现象。只有在适当的距离内人脸才不会变形。这时可以将相机往后移动一段距离，再进行拍照就不会产生大鼻子的现象，如图5-36所示，这也是使用28mm焦距的广角镜头拍摄的照片，由于人物离相机较远，所以并没有出现明显的大鼻子现象。

2. 长焦镜头的特点

由于长焦镜头可将影像拉近，不容易产生近大远小的立体感，远近物体的大小差别不大，透视变化较小，并且其间距也显得较为密集，所以容易产生扁平感。其拍摄的物体景深短，可使背景虚化。一般用于拍摄细节，将拍摄对象一部分放大成为特写，如拍摄花、鸟、单个动物、人物的表情等。大于150mm焦距的望远镜头更容易产生扁平的人脸，简称塌鼻子效果，在斜侧面方向拍照时可使人脸产生前边小后边大的感觉。

图5-35

图5-36

如图5-37至图5-39所示，这是三张分别用广角镜头、标准镜头和长焦镜头拍摄的帆船照片。从中可以看出广角镜头拍出的近处的帆船很大，远处的帆船很小，前后帆船间的距离显得很大，帆船的密度小，如图5-37所示。

　　用标准镜头拍摄的近处的帆船和远处的帆船的大小差别适中，前后帆船的距离很自然，帆船的密度适中，就像人眼看到的一样，如图5-38所示。

图5-37

图5-38

图5-39

用长焦镜头拍摄的近处的帆船和远处的帆船的大小差不多，前后帆船间的距离显得很小，帆船的密度较大，如图5-39所示。

如图5-40至图5-43所示，这是四张分别用广角镜头、标准镜头和长焦镜头拍摄的荷塘照片，从中可以看出广角镜头拍出的荷塘照片中的景深最长，背景实化，近处的荷花和远处的芦苇都非常清晰，如图5-40所示。

图5-40　　　　　　　　　　　　　　　　图5-41

用标准镜头拍出的荷塘照片中的景深适中，背影虚化程度少，远处的芦苇产生了少许的模糊，而中间的荷叶和近处的荷花都十分清晰，如图5-41所示。

用中长焦镜头拍出的荷塘照片中的景深较短，背影虚化，原来清晰的荷叶背景产生了模糊，如图5-42所示。

用长焦镜头拍出的荷塘照片中的景深最短，背影最为虚化，原来远处的荷叶背景完全虚化，较近处的莲蓬也产生了模糊，如图5-43所示。

图5-42　　　　　　　　　　　　　　　　图5-43

在拍摄人物特写时，因为长焦镜头可以使人脸拉近，所以拍摄时镜头离人脸较远，这样会产生塌鼻子的变形。在斜前方对人脸进行拍摄时，前半边的脸与后半边的脸的透视变化不大，会产生后半边脸比前半边脸大的错觉。

图5-44所示为一张从远处使用长焦进行拍摄的老人照片，当时老人正在观看赛马表演，从远处拍摄不会影响老人观看比赛时聚精会神的表情，但从拍摄出来的照片上可以看到左边的脸明显比右边的脸大。

将相机向左移动，找到更接近于正面的机位，再进行拍摄，由于拉近了左边脸与右边脸的距离差，所以缩小了左边脸与右边脸的大小差距，如图5-45。也可以将相机移到人脸的正前方，但是可能会引起老人的注意而破坏他的表情。当时的场地也不允许这样做，所以耐心等待，当老人的注意力随奔跑的马儿移向相机时进行拍摄，可以得到其接近正面的照片，如图5-46所示，图中老人脸的左半部和右半部的大小基本相同。

图5-47所示为一张比富节场景的照片，一位藏族妇女身着华丽的服饰，带着家里所有的首饰，与邻村的选手比富。

为了表现首饰的精美和华丽，摄影师使用了150mm的长焦镜头，对其手部及附近的腰带拍摄了特写镜头，如图5-48所示。

为了表现火镰，摄影师又使用了更长的200mm焦距的镜头，对火镰进行了单独的拍摄，去除了火镰以外的所有影像，使画面更加简洁，突出了火镰的独特造形，如图5-49所示。

图5-44   图5-45

图5-46

图5-47

图5-48　　　　　　　　　　　　　　　　　　　图5-49

　　图5-50至5-55所示为一组使用不同焦距拍摄的花卉照片，其拍摄地点是北京莱太花卉商城，从中可以看到长焦镜头更适合拍摄花卉的特写，表现出其美丽的细部特征。

　　图5-50所示为使用焦距为60mm的中焦镜头拍摄的兰花照片，画面上有许多兰花，背景轮廓清晰，表现了整簇兰花的整体美并展现了北京莱太花卉商城的环境。

图5-50　　f=60mm

图5-51至图5-58所示的八张照片是分别使用50mm、60mm、100mm、120mm、150mm、200mm、300mm、400mm焦距的镜头拍摄的兰花照片，从中可以看出灵活地使用焦距和适当地调整镜头与兰花之间的距离是拍出各具特色的兰花照片不可缺少的技巧。

图5-51　f=50

图5-52　f=60

图5-53　f=100

图5-54　f=120

图5-55   f=150

图5-56   f=200

图5-57   f=300

图5-58   f=400

3. 标准镜头的特点

标准镜头由于介于广角焦头和长焦镜头之间，其视角和物体的大小变形与人眼所见基本相同，拍出的照片透视自然，背景虚化适中，适合于各种影像的拍摄。

图5-59至5-67所示为一组使用中焦及中长焦镜头拍摄的照片，优美而真实，是我们最常用的焦段。

图5-59　东临碣石观日出

图5-60　青海湖

图5-61 国家大剧院

图5-62 龙华古镇

图5-63 蜀南竹海

图5-64　蜀南竹林之五色瀑布

图5-65　高山牧场

图5-66　收获

图5-67　冰川

　　由于人像是我们最熟悉的影像，任何的变形都逃不过我们的眼睛，而使用标准及中长焦镜头拍摄物体的变形最小，所以最适合拍摄人像。其中40mm至60mm的中焦镜多用于全身像的拍摄，60mm至120mm的中长焦镜头多用于半身像和头像的特写镜头。使用以上的方法进行拍摄可以保证摄影师站在离人物3m至5m的地方，这个距离既不会离拍摄对象太近而使人物紧张，又可避免离拍摄对像太远而失去交流。

　　如图5-68至图5-70所示，这是使用焦距为40mm至120mm的镜头拍摄的一组人像照片，第一张为全身照片，第二张为半身照片，第三张为特写照片。请比较焦距与人体大小之间的比例。

图5-68　　f=40mm

图5-69　　f=80mm

图5-70　　f=120mm

二、怎样灵活地应用各种镜头

如图5-71至图5-93所示，这是一组现场人像照片，它们从不同的角度反映了人物不同的侧面，请大家欣赏。请注意拍摄范围、影像大小、背景的虚实与镜头和影像的距离、镜头的焦距、拍摄角度的关系。

图5-71   f=380

图5-72   f=140

图5-73   f=400

图5-74   f=85

图5-75   f=32

图5-76   f=146

图5-77   f=320

图5-78   f=412

图5-79   f=310

图5-80   f=160

图5-81　f=100

图5-82　f=75

图5-83　f=70

图5-84　f=140

图5-85　f=360

图5-86　f=420

图5-87　　f=38

图5-88　　f=100

图5-89　　f=38

图5-90　　f=100

图5-91　f=410

图5-92　f=100

图5-93　f=270

从这些照片中可以看出焦距越大拍摄范围越小，影像越大，景深越小，背景虚化。景物离镜头越近，透视变化越强烈，近大远小越明显，景深越小，背景越模糊。

利用好这个规律，掌握好拍摄距离，选择适当的焦距，并配合光圈的选择就可以照出我们所需要的各种风格的照片。

实践是理论联系实际最好的方法，让我们拿起相机，去照相吧！实践—学习—再实践，这是学好摄影的唯一方法，也是我们掌握知识、学好本领的最好方法。

边学习，边实践，理论联系实际，从实践中总结经验再指导理论学习，只有这样反反复复地学习和实践才是得到真才实学的唯一方法。